조기호

전주출생

시집

『저 꽃잎에 흐르는 바람아』『바람 가슴에 핀 노래』『산에서는 산이 자라나』『가을 중모리』
『새야 새야 개땅새야』『노을꽃 보다 더 고운 당신』『별 하나 떨어져 새가 되고』『하연달 지
듯이 살며시 간사람』『묵화 치는 새 』『겨울 수심가』『백제의 미소』『건지산네 유월』『사람
을 만나서 사랑을 꿈꾸었네』『아리운 이야기』『신화』『헛소리』『그 긴 여름의 이명과 귀머거
리』『전주성』『민들레 가시네야』『하지 무렵』『참 지랄 같은 날』 21권 출간

장편소설

『색』1 · 2권 출간

주소: 전주시 덕진구 진북동 우성 아파트 112동 1902호
전화: 063 - 252 - 2356
손 전화: 010- 3682- 2266

색
色

I

색
色

I

조기호 장편소설

바밀리온

I

1

- 거문고 소리 들으며 -

눈처럼 하얀 손 뛰놀듯 어지럽더니

그 가락은 끝나고 정만 남았네

가실 강의 거울 빛을 풀어서

푸른 산봉우리들 수 없이 그려내네.

〈 청허 휴정 〉

白雪亂織手 曲終情末終 秋江開鏡色 畵出數靑峯

시가 색을 입을 때 음흡은 색을 쓴다.

색.

시가와 설화의 색깔은 짙다.

그리고 짧은 시.

색은 수없는 얼굴을 가진다. 햇살이 흐느끼는 흙덩어리 속, 울음 때깔까지도 점지 했다.
강물은 푸르고 눈송이는 희다. 여인의 하얀 가슴에 뛰노는 거문고가락도 희다. 이별 색깔은 희다.

하양은 세상의 모든 색깔의 합이기 때문이다. 처음이며 마지막이다.

섬섬옥수 고운 손가락 어지러이 퉁긴 거문고가락으로 작별한 여인의 마음 색깔은 어떤 때깔이었을까.

제 가슴에 비친 빛살을 풀어 산봉우리를 칠하고 자빠진 가실 강의 여린 눈 속내는 또 어느 색깔로 흐느적거리며 가고 있는가,

앞으로 내가 찾아야할 시의 색이다. 오두개 같은 신화의 빛깔일까. 바람은 언제쯤 제 색깔을 입을는지 아무도 모른다.

색.

2

스무 해 너머 가꾼
하늘아래 첫 꽃을
기꺼이 바쳐 드립니다.
꺾은 자리
빨강 눈물 점점이 번진 자국
구천동 수성암 높은 절벽
철쭉꽃잎 아픔으로 피어나
달무리 지는 밤이면
당신입 꼬리에 실실감긴
웃음이 두어 마지기 쯤
하늘 높이로
뿌듯이 오릅니다.

       - 헌화가 -

그녀의 맑고 도톰한 입술에선 달착지근한 오렌지 색 단내가 알맞게 풍긴다.

수정 같이 개운한 눈물이 몇 모금의 술기운으로 발그스름하게 붉혀진 여자의 볼을 타고 흘러내린다.

수밀도의 두 입술이 뜨겁게 포개졌을 때 상훈은 여자가 일찍이 어머니를 여윈 걸 알았다.

어머니를 부르며 울면서 깨물고 미친 듯 입술을 몰입하는 여자의 푸념 섞인 몸부림에 상훈의 입술과 창자까지 그녀 속으로 붉게 붉게 빨려 들어 간다.
목화처럼 하얀 젖무덤과 돌기 색 젖꽃판.

군더더기를 모두 버린 정갈한 시였다.

 그리고,

 수컷과 암컷,
시가 음흡을 입어 우주가 열리는 장엄한 첫소리의 빛깔 색色을 쓴다.

 으깨어진 철쭉꽃 빨강 눈물자국이
거기 기꺼이 번져있다.

 아,
 찬연한 원시림

 색이여!
 (色)

 이것 말고는 무엇을 더 쓸 수 있단 말인가,

3

달챙이 숟가락으로

닥닥 긁으면

수제비 한 그릇은 족히 나올

노랑저고리 붉은 치마

선술집 여자 낯바닥

박하 분

- 통시암 여인 -

일곱 살 어린 상훈은 아버지를 따라 시오리를 걸어가서 시골 분교장에 입학을 한다.

그가 사는 마을은 도시에서 멀리 떨어진 수악한 오지로 고라니 한 마리 오지 않는 비산비야 끝에 붙은 부락이다.

아버지가 관리하는 15정보의 붉은 황토 땅 가난한 사람들이 옹기종기모여 사는 재배기 동네다.

아버지는 구구단과 일본어 '히라가나' '와' '가타카나'를 입학 전에 미리 가르쳐주었다.

학교는 두 칸짜리 목조교실이 덩그러니 서있고 출입구 위에 쇠불알만한 땡땡이 종하나 매달렸다.

남쪽 울타리의 벚꽃이 목화솜처럼 피어서, 빈 운동장만 휑하니 넓어 보였다.

초라니수염의 담임 선생님과 아버지가 들어간 선술집은 학교에서 십리나 걸어 나온 통시암에 있다.

샘물이 솟아나는 우물 가장자리를 나무통으로 둘러 쳐서 얻은 마을 이름이다.

아버지는 허리를 구부려야 들어가는 키 낮은 방문으로 중절모를 벗어들고 들어가며 상훈을 길 건너 침침하고 허름한 점방에 매어놓았다.

할머니의 친정으로 먼 조카 벌 된다는 행랑채 범생이 삼촌처럼 삐쩍 마른 북어 서너 마리가 대롱대롱 매달린 가게주인 애꾸눈영감은 곰방대만 털었고,

배고프고 지루한 상훈은 먼지 쌓인 유리 상자 속 〈비가〉와 눈깔사탕이 환장하게 목젖을 당겼으나 돈이 없다.

목구멍에 기어 올라온,

거시 오줌 색깔이 노랗다.

4

시장한 봄날은 길다.

솔가지를 꺾어다가 얽어맨 빈약한 울타리엔 멋대가리 없이 키만 큰 뻗정다리로 까중가리나무(가죽나무)가 몇 그루 서있고,

이빨 빠진 써레같이 듬성듬성 키가 큰 포풀러나무가 노을 진 석양빛에 긴 그림자를 드리우는 황토배기동네다.

겨릅대기 같이 가느다란 기둥이 겨우 버티고 있는 초가 몇 채에선 기다란 대나무를 사다가 잘게 쪼개어,

붉고 파란 색색으로 물들인 꽃바구니며 소쿠리 광주리 같은 죽세공품을 만들어 삼례나 금마장날 나가 파는 고리백정과,

개가 죽사발 핥아먹은 것 마냥, 얼굴이 반드롬한 과부무당이 사는 곳이다.

마을 서쪽 얕은 언덕을 빨딱 넘으면 암행어사박문수와 춘향의 남편 이몽룡이 말을 갈아타고 우글거리는 역졸들을 데려간 역말(驛터)이다.

역말엔 옛날 마방馬房과 역사驛舍는 흔적도 없고, 전주 삼례 금마 여산으로 하여 한양에 과거보러가는 행길이 뻗쳐있다.

그 길은 지까다비를 벗으면 발가락이 하나씩 툭 떨어졌다는 문둥이 한하운 시인이 소록도 찾아가던 가도 가도 붉은 전라도 황토 길이다.

정강리나 재배기사람들이 옹기 굽는 역 터 사람들에겐 나이 많은 노인에게도 '해라.' '하소.' '하게.' 낮추어 반말로 하대를 한다.

풀썩 풀썩 흙먼지 날리는 좁다란 신작로 곁으로 옹기그릇을 굽는 황토흙 가마가 낮은 언덕처럼 길게 구릉을 이룬 옹기 쟁이 상놈마을이다.

삐쩍 마른 가주나무가 쭈뼛쭈뼛 야위어 수척해지는 재배기황토마을엔 척박한 땡볕만 수북하게 쏟아지는 늦봄.

시퍼렇게 탕이 슨 콩깻묵도 배급이 떨어져서 부황 들어 누우렇게 뜬 얼굴들이 된다.

막 된장에 명아주 잎을 버무려먹은 봉우네 새댁이, 구와증으로 입이 틀어져 돌아갔다.

침쟁이와 당골네가 다녀갔으나 맥없는 허사여서 면장 네 논 피사리하다 나락 잎에 눈을 찔려 애꾸눈이 된 봉우아버지는 쓰럭초 담배만 뻐끔 뻐끔 말아 피운다.

그러니 세상천지가 도둑이다. 멀쩡한 농부가 부엌칼을 든 강도가 되었다. 끼니 굶은 어린 것이 보채는 걸 차마 그냥 볼 수가 없기 때문이다.

상훈이 아버지도 읍내장터 다녀오는 밤길에 강도를 당한 뒤, 오동나무지 팡이를 들고 다닌다.
칼집 속에는 시퍼렇게 날이 선 왜놈 닙본도다. 혹여 친일파였을까?

왜놈 전쟁용 군수품 알코올공장으로 싣고 가는 고구마 밭 풀매기 하루 품 삯이 시커멓게 탄 왜놈토스트 한 뼘 이였으나 배고픈 아낙들은 줄을 선다.

마을 조무래기들과 고구마 무광을 캔다며 휘두른 새침때기 딸그마니의 곡괭이에 눈썹이 찢어진 상훈이 피를 한 됫박이나 흘렸다.

제 속곳을 찢어 이마를 싸매줄 때 건건찝찔한 새우젓갈 냄새가 난다.

통통하게 알밴 삘기를 뽑아먹던 병구 녀석이 저 만치 학교에서 오는 여 자애들을 골려주려고, 벌집을 건드려놓고는 상훈을 끌고 상여 집으로 숨 는다.

하학하는 계집애들에게 오빠시 벌떼가 사정없이 달려들었다, 책보를 풀 어 내두르고, 치마를 뒤집어쓰거나,

두 손을 허공에 내젖는가 하면 풀밭에 데굴대굴 구르며 비명을 내지른다. 벌침을 뽑아준다고 눈물 콧물이 범벅이 되어, 기진맥진 늘어진 가시내들

의 종아리와 허벅지를 뒤적거릴 때도 그 냄새가 난다,

계집애들은 수치심이나 창피한 걸 차릴 경황이 아니다. 이튿날 벌 쏘인 계집애들 전부가 학교에 결석을 하였다.

담임선생에게 꼬아 바친 놈 때문에 병구와 애민 상훈이 종아리를 피터지게 맞았으나 억울해도 병구 핑계는 대지 않았다.

도롱이도 못 걸치신
삼베등걸 허리 굽은 어머니

소나기내리는 밭고랑에 엎디어
고구마 순 놓던 곳

허기진 빈속에 콩깻묵 명아주 잎
막 된장을 버무려 먹고

구와 증으로 입이 돌아가 부황난
누렇게 뜬 얼굴들이 모여 사는 곳

- 재배기 마을 -

통시암桶井 아랫마을 천주학당 종루가 높이 달린 동네까지 순사가 와서 열여섯 살 계집아이를 정신대로 끌어갔다. 무명치마에 손을 훔치고 나온

딸 갖은 아줌마들이 고샅마다 수군거린다, 명순이 어매는 두 손가락으로 코를 헹 - 풀어 싸리울에 쳐 바른다.

배통 쟁이 칠성이 아버지는 저번 달 징용으로 끌려갔는데 무엇 때문인지 얼마만큼 가다가 다시 돌아왔다.

꽃바구니 황새목낫자루 부엌칼 모두 팽개치고 딸 그만이 점례 복순이 엎어지고 자빠지며 도망을 친다.

짚신짝 벗겨지며 논두렁에 처박힌다, 허기진 누님은 제 옷자락을 밟아 치마말기가 북- 터진다.

미영 베 같은 눈물로 빈 가슴을 가린다, 지주네 머슴 놈이 씩씩거리며 올라탄다.

콩깻묵 송피 뚝새풀 비름나물 가죽나뭇잎 메밀이파리 되는 것, 안 되는 것 벗겨먹고 뜯어먹다 부황이 든다.

쑥 잎같이 시퍼런 주둥아리를 하늘로 쳐들고 지주네 퇴비로 기른 자운영을 뜯어먹다 드럽게 당한다.

먹는 것과 퇴비와, 밑거름과 사람목숨 사는 것, 뻐꾸기만 두어 번 울고 간다.
징병을 피해 재배기로 숨은 사촌형은 손목에 시계를 찼다. 하루 종일 앞산 소나무그늘에 누워 잠만 잔다, 상훈은 형의 시계가 기막히게 탐난다.
천둥에 개 뛰어들 듯 별동대가 쳐들어온다. 허청 잿간 짚가리 부엌 가릴

것 없이 색대를 쑤셔서 온 동네를 뒤집어 감춘 식량을 훑어간다.

상훈 아버지는 나락 두가마를 마을 뒤 포강 물 속 수문아래 숨긴다, 물먹은 나락을 몰래 꺼내어 지은 밥은 싸라기밥이다, 헤길헤길 해도 꿀맛이다.

상훈어머니가 금싸라기 같은 모이를 주어 열댓 마리 넘게 닭을 길렀다, 곡식 뒤지러 색대를 들고 온 별동대와 공출독촉 나온 특공대와

벼농사 수확검사 하는 사람, 면서기가 오면 잡고, 봉상지서 순사 오면 또 잡아 점심을 먹인다, 그래야 마을이 수월하다.

심지어 상훈네집 똥개가 굴풋하면 한 마리씩 잡아먹어 그는 닭다리 하나 구경 못해보고 해방이 된다.
눈 쌓인 아침 맨발에 와라지와 나무깨와 게다짝을 신고 아이들은 시오리 학교를 간다.

몇 발작 못가 와라지 끈이 뚝 끊어진다. 나무깨와 게다작도 벗어던진다. 맨발로 걷는다, 언 발이 먹먹하여 감각이 없다.

난로 앞에 앉으면 죽을 만큼 저리고 쑤시고 아프다, 찔끔 나온 눈물을 가시내들 몰래 얼른 훔친다.

학교 끝나 맨발로 집에 갈일이 아득하다, 으드득 진저리를 친다, 집에 와서 또 한 번 울어야 한다.

방과 후에는 노간주나무와 편백나무열매 목화대껍질 피마자씨앗을 벗기고 따다가 공출로 바쳤다.

쇠붙이 공출 량에 질책을 받은 상훈아버지는 우르르 달려가 샘가에 놓인 놋대야를 뿔 곡괭이로 찍어 구멍을 내 줘버렸다.

시퍼렇게 탕이 슨 콩깻묵에 비름나물 명아주 잎 뚝새풀을 막된장에 버무려먹고 허기를 채운 칠칠이네 어매가 구와증으로 입이 틀어져 쓰러졌다.

팬티라는 개념조차 없는 시절이다. 풀 먹여 뻣뻣한 삼베바지를 웅켜 쥐고 가래톳 선 걸음으로 어기적어기적 걷는다.

두부살마냥 연한 상훈의 가랑이를 칼날 같은 삼베 올이 사정없이 베어먹는다. 피가 나게 물어뜯는다. 눈물이 쏙 빠진다.

바듯이 기어가 방죽 속으로 풍덩 뛰어든다, 풀물이 쪽 빠진다, 해거름 황소울음에 섞여 동구 밖에 나와 저녁 먹으라고 어머니가 부른다.

어머니의 목소리가 포풀러나무 잎새에 걸려 나풀거린다, 땡감 먹은 놈처럼 입술이 파래진 상훈은 옷을 망친 꾸지람이 두렵다.

아직 설익어 조금 떨떠름한 누님의 속울음 같은 감꽃이 핀다, 당목실로 오월을 꿴다.

빈 횃대마냥 모가지가 긴 누님의 삼베겨드랑이 뽀오얀 속살 같은 감꽃을 꿴다.

허기가 한 뼘씩 다가오는 배고픔을 청치마 파랑 잎에 숨어 피는 하얀 감꽃으로 달랜다.

자주색갈꽃 피는 씨감자를 꿈에서 삶아먹고 메슥메슥 거시가 기어 올라와 오줌을 싸서 지푸라기를 목에 감는다.

아이는 토방의 흙을 파먹고, 홀태죽 쒀서 어른도 한 사발, 애들도 한 사발, 빈 소반가장자리에 앉아서 녹두밭 웃머리로 파랑새만 날려 보낸다.

탕이 슨 콩깻묵도 배급 못 받아 하루 굶고 이틀 걸러 부황 든 옆집 명순이는 허기에 눈이 뒤집힌다.

양복 입은 신사나 칼 찬 순사거나 자전거 탄 면서기만 봐도 거품을 버글버글 입에 물고 자빠진다.
아무 곳이나 벌렁 드러누워 오줌을 벌 벌 벌 싸면서 사지를 뒤틀며 흰눈을 뒤집어 까고 버르적거리다 혼절하는 지랄병을 앓는다.

부엌 아궁이에 군불을 지피다가도 지랄병이 도지면 부지깽이와 제 손 발목을 활활 타는 솔가리 불 속에 집어넣어도 모른다.

어느 날, 긴 칼을 찬 군인이 밥을 달라며 상훈 집에 들었다. 고향 여산으로 도망가는 학병이다.

아침 밥상에 놋그릇에 담긴 밥과 사기그릇을 소리 내지 않고 먹는 게 군대 습관이라고 한다.

그 군인 밥상 앞에 턱을 받히고 앉아 쳐다보는 상훈은 그의 군복보다 차고 있는 긴 칼이 더 부러웠다.

왜놈들의 조선어 말살정책으로 일주일에 표 딱지 열장씩 나눠주고, 조선말하다 들키면 한 장씩 빼앗도록 시켰다

"히꼬기, 히꼬기, 히노마루 반자이-"〈비행기, 비행기 일장기 만세〉 이따위 1학년 교과서의 일본말밖에 못 배운 어린것들이 왜말을 어떻게 한다냐?

일곱 장을 빼앗긴 상훈은 종아리를 일곱 대나 맞았다. 울화통이 터졌다, 시퍼런 익모초 색깔이 목울대를 쓰디쓰게 넘어왔다.

추동 사는 여우같은 영길 이가 스무 장도 더 빼앗아 싱가포르 함락기념으로 배급 나온 운동화를 타간다. 심지 뽑기에 재주가 없는 상훈은 고무신이나 운동화 한 켤레를 못타본다.

어린 상훈은 운동회 날이 제일 싫었다.

가장 나이가 적은 아이가 아홉 살이고 평균 연령이 14살쯤 되는 아이들과 7살짜리의 경주는 기린과 땅강아지의 달리기경주다.

상훈은 연필 한 자루 노트 한 권을 끝내 타보지 못해 운동회는 그냥 운동장에 줄줄이 펄럭이는 만국기 때깔로 치부할 뿐이다.

상훈아버지가 입학 기념으로 사주신 검정 학생모자는 시골분교에 하나밖에 없는 귀한 물건이어서, 이놈이 빼앗아 썼다.
여러 놈이 머리에 얹고 다니더니, 또래 아이들 머리에 기계독이 해방 호열자처럼 퍼져 옮아갔다.

어머니는 독한 생마늘, 비암가루, 식초, 고추장을 머리에 쳐 발라 상훈은 입에 거품을 물고, 미친년 널뛰듯 훌훌 뛰다가 까무러치기도 한다.

그 후유증으로 돌대가리가 되었는데, 그 때문에 복잡하고 어려운 수학공식 같은 게 싫어진 아이가 되어 검정과 회색이 교차하는 색깔을 머리에 담았다.

산도 아니고 들도 아닌 밋밋한 등성이와 조금 내리막으로 이루어진 이 오지에도, 시냇물 꼬리쳐 흐르고 꽃피며 새우는 봄은 온다.

아지랑이가 아른거리는 봄날 아직 어린 상훈과 그 친구들에겐 학교에서 집에 오는 황톳길이 가장 재미있는 놀이터다.

낭창낭창한 미루나무 꼭대기 까치집까지 올라간 상훈이가 위에서 겨누어 까치 알을 아래로 떨어뜨린다. 책보를 펼친 두 계집애가 받는다. 깨지지 않게 까치 알 내려먹는 방법이다.

봄동처럼 새파랗게 납작 엎드린 것들이 듬성듬성 몇 포기 주저앉은, 겨울 쇠고 난 채마밭에서 잘라온 왕파 속에다 알을 깨 넣어 모닥불에 구워먹는 맛은 참으로 옹골지기도 하거니와,

솔기가 터진 줄도 모른 채 쪼그리고 마주앉은 순임이 치마 속의 광목 속곳을 슬쩍 슬쩍 훔쳐보는 색깔로 입가심을 칠한다.

동네 친구 녀석들이 먼 산으로 나무를 하러 가거나, 꼴 베러 가고 없어 심심할 때는 듬성듬성 서있는 비틀어진 소나무 사이에 무더기로 널린 찔레 순을 꺾어먹는다.

학교수업이 늦게 파한 날 집에 오는 중간쯤에 있는 마을 뒤 목화밭에서 배가고파 목화달래를 따먹다가 눈알이 빠지게 혼났다.

상큼한 향기와 달래를 깨물면 입안에 달착지근한 단물이 톡 터지는 그 맛 색깔은 색동저고리만큼 화사하다.

오늘은 원족 가는 날, 모자 쓰고 란토셀을 둘러맨 제법 멋을 낸 상훈이 원족을 간다.

초란이수염의 담임선생은 일곱 살 어린 상훈은 아랑곳없이 높은 봉술 뫼로 오른다.
.
올라갈 땐 그리 가파르지 않았으나 내려갈 땐 급경사진 바위투성이 길이여서 어린 상훈은 못 내려간다.

선생과 아이들은 벌써 저만큼 내려가서 꼬리도 보이지 않는다.

홀로 떨어져 울고 있는 상훈을 뒤에 쳐져오던 같은 반 여학생들이 본다.

"야. 상훈아 왜 너 혼자 울고 있냐?"
이웃마을 장구리 사는 유 정희가 가까이 다가와 묻는다.

"무서워서 못 내려가"
상훈은 눈물을 닦으며 애원하듯 그녀들을 쳐다보며 훌쩍이는 소리로 말한다.

"상훈아 우리랑 같이 내려가자"
얼굴이 하얗고 검정 단발머리를 찰랑찰랑 흔들고 다니는 학교 옆 둔산리 대밭 집 이 숙경이다.

안쓰러운 얼굴로 제 동생 달래듯 어깨를 쓰다듬어준다. 그래도 주춤주춤 머뭇거리고 서있는 상훈에게 키가 가장 큰 여학생이 다가왔다.

"내가 업고 내려가야 쓰것다."
하더니 하얀 저고리 등을 상훈의 코앞에 들이대며 엎이라고 한다.

옛날엔 바닷물이 들어와 배를 맸다는 배미산 아래 사는 열여섯 살 먹은 백 정순이다.

그녀의 등은 어머니 등처럼 포근하고 편안하다,

딸그마니나 순임이 계집애들에게선 맡아볼 수 없는 짙은 향기의 상큼한 살 냄새가 코끝에 확 풍겨온다.

어쩐지 쑥스럽고 미안한 마음에 오금이 저리고 발바닥이 간지럽다. 산 아래 봉실암 절이 있는 곳까지 업어다준 백 정순은 4학년 때 익산 어디론 가 시집을 갔다.

상훈에겐 누나도 한참 위 큰누나 벌이 되어, 마음속으로라도 언감생심 연 분홍 상상 같은 건 칠하여볼 엄두도 못 낼 나이의 색깔이다.

저 산 너머에
일곱 빛깔
무지개 꼬리를 담근
옹달샘 찾아 헤매던
난
하얀 바보.

- 무지개 -

5

선운사 동백의

멍든 꽃잎에 찍힌

그렁한 눈썹달

너

- 동백꽃 -

1945년 해방이 되었다.

호열자는 아직도 이 땅을 휩쓸며 점령군처럼 기승을 부리고 있다.

어린 상훈은 해방이 무엇인지 몰랐다. 왜놈들이 쫓겨 가고 우리나라가 자유를 찾은 거라고 한다.

담임선생의 설명으로 무슨 뜻인지 어렴풋이 수긍이 가는 정도다.

교과서도 없이 〈모모 따로 상〉을 배우던 국어시간에 〈가 갸 거 겨〉를 배운다.

왜놈 말 때문에, 종아리 맞을 일 없는 것과 아침조회 때마다 동쪽 신사를 향해 경례를 하지 않는 것 말고는 바뀐 게 별로 없는 나날이 이어진다.

운동장엔 여전히 통통 뛰어노는 아이들의 어깨 위로 8월의 밝은 햇살이 출렁이고 있다.

때까치 두어 마리 벚나무가지사이로 오르락내리락 거리더니 빈 국기게 양대 쪽으로 날아간다.

담임선생은 어느 강습회에서 배웠는지 고구려의 고주몽과 유화부인 그리고 해모수, 하백의 우리 역사 이야기를 해준다.

처음 들은 역사에 감명을 받은 상훈은 가슴이 울렁거리고, 그의 집 뒤안에 자라는 박하이파리향기를 맡은 때처럼 화- 하다.
그날부터 취미가 붙은 국사는 상훈이 가장 탐독하는 과목으로 항상 높은 점수를 받았다.

상훈의 학업성적은 비교적 우수했다.

학급 수석을 거의 차지한 까닭이었는지 상훈은 얼떨결에 3학년에서 4학년을 건너 뛴 5학년으로 월반을 한다.

학생 수가 적은 5학년을 채울 목적으로 상훈과 하 근섭, 이 용재 세 명을 월반 시켰다.

어린 상훈은 부친의 우쭐하는 성품과 그의 아들바보 심리를 교묘히 이용한 담임선생의 술수 때문에 월반하게 된 거다.

특히 산수의 가장 기초적인 분수를 4학년 때 배우지 못한 관계로 그 학년부터 산수를 따라가기 어려워 차츰 흥미를 잃어버려 국어에만 매달리게 된다.

태어나서부터 시집갈 때까지 쌀 서 말을 못 먹고 간다는 황토배기 상훈이 사는 재배기마을에도 어김없이 가을은 왔다.

그 동네 노인들은 평생 바다구경 한번 못 해보고 죽는다. 살 내린 가을 꽃송이들이 알알이 씨를 머금어 고개를 수그렸다.

빛깔이 바랜 꽃술엔 나비조차 오지 않고 허리 잘록한 개미 한 마리 더듬이를 두리번거린다, 가을꽃은 서글펐다.

6

어느덧 4학년을 건너 뛴 상훈은 5학년이 되었다. 일곱 살에 학교를 들어가 4학년을 건너뛴다.

그 또래의 나이에 비하면 실제로는 3학년 밖에 되지 않은 거다

곡괭이로 상훈의 눈썹을 찍은 뒤부터 무당집 딸그마니가 유달리 따라다녔다, 동네에서나 학교 오갈 때도 성가시게 상훈을 챙긴다.

나이는 동갑이지만 학교를 늦게 들어가 일 년 아래 학년이라 억울하다고 징징댄다.

학교에서는 딸그마니를 하 신자로 불렀다. 입학할 때 출생신고 받는 면서기가, 신들려서 신이 점지하여준 자식이니 대물림하라며 지어준 이름이다.

신자는 눈이 서글서글하고 갸름한 얼굴이 조금 예쁘지만 균형 잡힌 몸매를 타고났다. 무당어머니를 닮은 모양이다.

또한 아름다운 목소리를 가졌다, 목울대가 튀어나온 상훈의 성대에서는 죽어도 나올 수 없는 소리다,

마치 먼 나라 이국어異國語를 듣는 듯한 기름진 말소리에 스르르 빠져들게 하며, 약간의 코맹맹이소리도 낼 줄 아는 재주를 가졌다.

큰 눈에, 선 머슴아처럼 덜렁거리며 쾌활한 성격의 신자가 3학년이 되었다,

보송보송한 솜털이 가신 제법 계집애 꼴이 나게 종아리가 통통해지고 발그족족한 뺨이 웃으면 보조개가 곱게 파인다.

신자가 백설기 고사떡과 곶감 과일을 몰래 가지고와서 상훈을 불러낸다.

"상훈아, 우리 성터로 놀러가자"
숙제하다 나온 상훈이 뜨악한 얼굴로,
"왜?"
하고 하품 물은 입으로 묻는다.

"이것, 다른 애들 보면 뺏긴단 말여."
가지고온 먹을 걸 흔들어보이고는 상훈의 소맷자락을 잡아끌고 마을 뒤 성터로 간다.

백제나 마한 때 쌓은 성이라고 하는 토성은 그 흔적만 남아있고, 거의 허물어져 조그만 언덕처럼 되어서, 성터자리엔 늙은 소나무가 듬성듬성 서 있고, 키를 넘는 시누대가 우거져 바람에 수런거렸다.

동리 아이들만 아는 으슥한 시누대 굴속에 들어 떡과 과일을 먹는다.

그곳은 둘이 앉으면 서로의 무릎이 맞닿고 얼굴에 돋은 솜털까지 읽을 수 있다. 숨소리가 들리도록 좁은 공간이다.

바람에 사운 대는 시누대사이로 햇살이 얼룩얼룩 숨바꼭질을 하였고 새들이 푸드덕거리는 소리가 간간 들려와 약간씩 놀라기도 한다.

신자가 희고 보드라운 손으로 상훈의 입가와 손에 묻은 떡고물과 과일물기를 닦아준다.

시누대사이로 얼비치는 햇빛 때문인지 신자의 얼굴이 발그레 달아오르는 것처럼 보였고, 새근거리는 숨소리도 차츰 가빠지는 것 같다.

신자가 쇠 방울보다 더 큰 눈을 상훈의 얼굴에 묻은 채 넋을 놓고 한참을 쳐다본다,

그의 얼굴을 쓰다듬는 신자의 손이 불같이 뜨겁다.
맨발로 작두를 타고 훌훌 뛰며 춤추는 제 어머니마냥 신들린 듯, 상훈을 와락 껴안았다. 신자는 제 입술로 상훈의 입술을 미친 듯 비벼댄다.

열이 오른 신자가 적삼을 풀어헤쳤다, 첫물 딴 각시복숭아만 하게 도도록하고 봉긋이 돋은 젖가슴 위에다 상훈의 손을 얹어준다.

"상훈아, 이것 좀 만져봐라. 요것이 저번 달보다 쪼께 더 커졌어야, 왜 그런지 모르겠다."

"글쎄, 내가 어떻게 알겠냐? 니 것을 니가 모르는디."

느닷없이 신자가 검정치마를 훌쩍 걷어 올리더니 상훈의 손을 끌어당겨 자기 광목속곳 안에다 쑥 집어넣어준다.

"야, 이 가시내야. 너, 시방 뭐허냐.?

"요새, 거기가 자꾸 근질근질 가려워야, 니가 쪼깨 긁어봐라."

"야가 지금 왜, 이런디야. 너, 미쳤냐? 이놈의 가시내가 쌩 개병지랄을 허고 자빠졌네."라고 하면서도,

속으로는 정신이 아득하고 입안이 바싹 타며 사지가 벌벌 떨려서 겁이 덜컥 난 상훈이 신자의 속곳 속에 든 손을 얼른 빼낸다.

엉겁결에 당한 상훈의 가슴에선 매가리간 발동기 돌아가는 소리가 쿵쿵 난다. 머릿속이 시끌짝 어수선해지며 아랫녘 고추가 일어서는 것 같다.

눈앞이 어질어질 어쩔 줄을 몰라 허둥거리던 상훈이 정신을 차리고 벌떡 일어섰다.

"신자야, 나 먼저 집에 가야 쓰것다."
"야-, 이 새끼 상훈아. 너 거기 서 임마. 너, 이따가 나한테 죽을 줄 알어. 이 씨발놈아! 야- 이, 똥개새끼야."

바락바락 악을 쓰는 신자의 독 오른 고함소리가 상훈의 뒤통수를 때린다.

상훈이 벌떡 일어나 시누대 숲을 빠져나올 때, 머리 위로 굴뚝새 두 마리가 포르릉 날아가는 게 보였다.

터덜터덜 내려오는 상훈의 뇌리에는 신자의 솜털처럼 보드랍고, 깍쟁이 크기의 뽀얀 젖가슴과,
발그레한 젖꽃판 가운데 팥알마냥 돋은 젖꼭지의 꼿꼿하게 성난 감촉과

신자의 광목속곳으로 상훈의 손이 들어갈 때 손등에 걸리던 고무줄 띠끈과 서걱거리는 신우대소리와,

그리고 초가을 햇살에 머리 말리는 구름과 언젠가 맡아본 새우젓갈냄새밖엔 아무것도 남은 기억이 없다.

내일 신자의 얼굴을 볼일을 생각하니 상훈은 잠이 오지 않았다, 마당에 나와 먼 산을 바라다본다.

저 멀리 먼 산에선 몇 갈피의 산마루가 꽃길처럼 산불이 타오르고 있었다. 꽃비암 같은 불길이 산마루를 기어가며 빨갛게 밤 그림을 그린다.

아름드리 소나무들이 와직끈 와직끈 우두둑 툭탁 불을 안고 자빠지는 굉음과,

멧새들과 산짐승들이 놀라 후다닥 도망치는 소리가 들리는 것 같아 넋을 잃고 먼 산의 산불구경을 한다.

신자의 가쁜 숨결이나, 저, 먼 - 산의 산불처럼 불타는 것들은 맹목적이기 쉬운 색깔이다. 넘치게 뜨거운 거다.

당신은 아시는가
숨이
어디서 오고
누가 거둬 가는지
천상의 인공위성을 다녀오신
붓다여.

- 네비게이션 -

7

꽃샘바람 분다.
오늘 영등할미는 노팬티다
해장술에
치맛자락 말아 올린 마릴린 먼로와
내
더운 꿈속에 들어간다
똥개 눈 감췄다.

- 꽃샘바람 -

해방으로 고구마 납품이 끊긴 상훈의 아버지는 허탈한 실의에 빠졌다. 일본군 징용을 피하여 행랑채에 머무는 범생이 삼촌과 밤마다 수근 거린다.

고구마 수요처가 없어져, 전처럼 농사를 많이 지울 필요가 없어진 관계로 상훈의 아버지는 다른 사업을 모색하는 상황이었는지,

짚고 다니던 일본 칼 지팡이도 없이 전주시나 읍내로 출타를 자주 하였다. 마을에선 상훈네 땅과 집을 팔고 이사를 간다는 소문이 얼핏 얼핏 돌았다

송진내 나는 솔가리나무를 한 짐 가득 짊어져다 헛간에 쟁이는 머슴 병칠 이에게 묻는다.

고구마농사 짓던 황토배기 땅 15정보와 정강리 앞 논 열다섯 마지기를 팔려고 내놓았다며 일러준다.

상훈이 출타한 아버지를 기다렸으나 밤늦도록 오지 않는다.

하현달이 걸린 가죽나무 위에서 부엉이가 몇 치레 울고, 캥캥거리는 밤 여시 짖는 소리만 들린다.

5학년 남학생들이 쌀 한 주먹씩 추렴한 돈으로 삼례읍에 나가 축구공을 하나 사왔다, 분교가 생긴 역사 이래로 축구공이 생긴 건 처음이다.

남자애들은 새로 사온 공을 차느라 정신이 없고, 운동장 벚나무 아래에선 여자애들이 고무줄넘기와 쪼그리고 앉아 땅따먹기나 막자치기놀이를 한다.

고무줄놀이 하느라 다리를 높이 쳐들 때 솔기 터진 계집애도 더러 있다. 무명베는 잘 터진다는 걸 어머니에게 들었다.

깔끔한 둔산리 대밭 집 딸 이 숙경이의 속옷은 허벅다리에도 고무줄을 넣어 그 속이 보이지 않는다.

상훈은 청소당번에 걸렸다, 아이들은 모두 집에 가고 빈 운동장을 걸어 나온다. 그가 전학을 간다고 생각한다, 황혼의 교정에 자욱하게 깔리는 풍금소리가 몹시 허전하다.

긴 머리를 뒤로 묶은 흰 저고리 깜장치마의 여선생이 풍금 칠 때 페달을 밟는 발이 장난감처럼 작고 참 예쁘다.

평소에 좀 더 그 풍금소리에 마음을 주지 못한 걸 속으로 무척 미안해한다.

집에 오는 도중에 길 가운데에다 꽃비암 한 마리를 돌로 쳐 죽인걸 만났다, 상훈이 침을 퉤, 퉤, 퉤, 세 번 뱉고 오줌발을 갈긴다.

8

한 이레쯤
문 닫아 걸고
복사꽃
지는 소리
눈 감아
저만치 다가서면
단정학丹頂鶴 속눈썹
손끝에 만져지는
맑은 색色

- 복사꽃 지는 소리 -

겨울은 치운 맛이 돌아야 겨울이다,

된장찌개의 향기로움도 한데 날씨가 치워야 더욱 구수하다.

윗목에 떠다놓은 자리끼물이 얼도록 치워야 아랫목 솜이불 금침 속, 사랑의 향기가 더욱 짙은 법이다.

상훈의 집 뒤 곁을 파고 묻은 수퉁아리의 동치미는 살얼음이 서글서글한 국물을 퍼오는 어머니의 손이 발갛게 춥다.

초록빛깔 바다의 파래와 김도 한겨울 찬 바다에서 큰다,

마음에 열이 많은 여인은 치운 사랑을 만들고, 마음이 시린 여인 일수록 뜨거운 사랑을 풀어놓는 거란다.

날씨가 치울 때 난초이파리 더욱 푸르르다. 매실나무는 몸이 더워 초겨울에도 잎이 푸르고 싸락눈 퍼붓는 겨울에 꽃을 피운다.

눈은 내리지 않았다. 겨울 하늘이 낮게 내려앉은 새벽에 7년을 살던 재배기 황토 마을을 떠나 상훈 네가 이사를 간다.

상훈은 눈물도 나지 않고 가슴만 까맣게 먹먹하였다. 그다지 별스럽게 서운하고 미련 둘게 없다,

쇠달구지가 모퉁이 돌아 동네가 멀어질 때 문득 신자의 맑고 큰 눈이 떠올랐다.

삼례역에서 아버지가 사준 눈깔사탕을 입안에서 녹이며, 처음 타보는 기차를 타고 상훈이 전주에 도착한 것은 점심때가 훨씬 지났다.

난생처음 짜장면이라는 음식을 정거장 앞 중국집에서 먹어봤다. 시골 재배기에서 먹고 자란 먹거리와는 하늘과 땅 만큼 색다른 꿀맛이다.

며칠 후 아버지 손을 잡고 따라간 학교는 약간 올라가는 정문부터가 크고 넓어 시골 촌놈 상훈은 기가 죽어 눈살이 얼얼하다.

정문을 들어서니 넓은 운동장과 붉은 벽돌 이층집 웅장한 교실과, 교무실에 분주히 움직이는 수많은 선생님들과,

이천 명이 넘는다는 학생 수에 눈이 휘둥그레진다.

아버지의 뒤를 따라 들어간 교장실의 엄숙한 분위기에 상훈은 압도당한다.

수많은 우승기가 늘어서있다, 즐비한 우승컵과 상장들 곁에 키 작은 교장선생이 커다란 의자에 푹 빠진 듯 앉아있다.

아버지 소개를 받은 교장선생이 상훈을 그윽이 내려다본다.

"너 참 똑똑하게 생겼구나! 전임학교에서도 성적이 아주 썩 좋았구먼, 그래, 선생님 말씀 잘 듣고 공부 열심히 하도록"

검정양복조끼에 금시계 줄을 늘인 교장선생이 인자한 웃음을 품격 높게 웃으며 머리를 쓰다듬어준다.

상훈이 들어간 6학년 3반 교실엔 학생수가 80명이 넘었다, 갈까마귀소리 같이 쇤 목소리의 담임선생은 괄괄한 성격의 안경잡이다.

6학년 일 학기 교과서도 못 떼고 왔는데, 여긴 벌써 이학기치를 거의 끝냈다.

중학교 입학시험공부에 들어가 야간학습까지 하고 있었기에, 담임에겐 상훈은 데리고 온 의부자식 취급이다.

9

금간 항아리

테 매듯

네 눈물 테 매어

꽃핀 사랑

- 항아리 2 -

황토배기 재배기마을 전답을 처분한 상훈 아버지가 전주에 정착한 곳은, 십리쯤 떨어진 금산을 거쳐 대전으로 가는 17번국도변에 있는 과수원이다.

아이들의 통학을 고려해서 상훈이 전학한 학교부근에 살림집도 마련하여 두 곳에 터를 잡았다.

하루 종일 밤낮을 가리지 않고 석탄가루 날리는 증기기관차가, 씩씩거리며 빽빽 악을 쓰는 정거장 뒤편 언덕에 있는 안옥한 한옥이다.

상훈은 토요일 수업이 끝나기가 무섭게 시골 과수원으로 달려가 일요일을 보내고 월요일 아침엔 십리를 걸어서 등교를 한다.

홍옥, 국광, 아사히, 등속의 사과나무와, 캠벨어리, 청포도, 사탕포도가 골고루 식재된 과수원이다.

하얀 배꽃이 구름 너울을 쓴 것 마냥 천지가 환하게 피어난다, 엷은 푸른 빛 도는 능금 꽃이 꽃구름으로 핀다,

온갖 벌 나비가 날아드는 꽃 대궐을 차려서 참으로 황홀한 꿈나라를 만들었다.

특히 과수원을 빙 둘러친 탱자울타리를 따라, 파라시 대봉시 고종시 수시 먹감 따위의 감나무 수백그루는, 가지가 찢어지도록 감이 주렁주렁 열렸다.

아침 일찍 울타리를 한 바퀴 돌면 홍시가 과일바구니에 가득 찼다,

붉고 말랑말랑한 홍시를 널름 널름 주어먹은 상훈이 꼬챙이로 엉덩이를 파내는 곤욕을 치루기도 하였다.

전주로 나가는 신작로에 이어진 자동차길 열 걸음쯤에 두꺼운 나무판자 바깥대문이 서있고. 안으로 들면,

길 양편에 가을바람을 빨갛게 웃고 있는 능금과, 박 덩이만한 황금배가 주렁주렁 열린 나무들 사이로 약 30미터쯤에 안대문이 나온다.

맑은 햇살이 차분하게 쏟아지는 넓은 마당 안쪽에 5칸 겹집의 고래 등 같은 기와집이 웅거雄居 한다.

안채의 오른쪽 사랑채와 왼편엔 창고와, 과일저장고가 있고, 대여섯 머슴들이 기거하는 행랑채 곁으로 외양간이 늘어서서 넓은 마당을 에워쌌다.

이가시리도록 차고 물맛이 좋은 시암은 열두 발도 더 깊어 도르래를 달아 길어 올린다.

장독대 곁의 석류나무아랜 할머니가 조석으로 정화수 떠놓고 비손하는 조그만 제단을 만드셨다.

안채에서 과수원 올라가는 뒤안 언덕에는 소복여인처럼 새하얀 꽃 피는 옥매화나무와,

미인의 입술마냥 붉은 열매가 다닥다닥 열린 앵두나무가 연초록색 여름을 만지작거린다.

기승을 부리는 뙤약볕의 일요일아침, 아버지가 상훈을 불러 공동묘지화장터아래 일곱 마지기의 텃논에 새를 보러 가라한다.

가기 싫은 상훈이 앙탈을 부린다, 뒷머리를 엉덩이까지 따 내린 부엌의 순덕이를 시켜 만든.

단 수수 몇 토막과 누룽지를 싸주며 달래어 보낸다. 상훈 때문에 일부러 머슴이 만든 텃논의 새막은 제법 높고 넓어 시원하다.

상훈이 그 소녀를 만난 건 여기가 처음이다. 그녀는 상훈네 논 윗배미 논두렁에 찢어진 종이우산을 꽂아놓고 앉아 새를 쫓고 있었다.

찢어진 우산으론 따가운 햇볕과 찌는 더위를 피하기 어려웠을 그녀는 맑은 눈과 백설같이 하얀 피부를 가진 단발머리다.

눈처럼 하얀 포플린 부라우스에 무릎아래를 약간 덮은 후레아 검정치마를 입었다 흰줄이 두 줄 그어진 검정운동화를 신은 소녀의 옆얼굴이 무척 예쁘다.

약간의 애잔한 마음과 호기심이 돈은 그가 용기를 낸다, 논두렁으로 다가가 그녀에게 말을 건넨다.

"야-, 참새 떼가 많이 날아 오냐 ?"
고개를 푹 수그린 채 대꾸가 없다.

"이게, 느네 집 논이냐? 다시 묻는다.
"응."
단발머리를 조금 끄덕이며 모기소리만 하게 대답한다.
"너, 더웁지야? 우리 참새 막으로 가서 같이 새 보자."

소녀는 들은 채도 않고 논두렁만 내려다보며 검정운동화 앞부리로 논두렁만 콕콕 찧고 있다.

수컷 때때기를 업은 방아깨비가 후르르 날아와 논두렁 쇠무릎 풀 위에 앉는다.

상훈이, 나는 과수원에 새로 이사 왔고, 시내 어느 초등학교 6학년이라고 신원까지 밝히며, 몇 차례 꼬드겨서야 마지못해 따라왔다.

새막에 올라와 마주앉은 소녀의 얼굴은 눈이 부시도록 황홀하였다. 마치 명왕성이나 혜왕성의 먼 - 별에서 온 소녀 같다.

그녀의 너무나도 아름답고 어여쁜 모습에 마음이 달뜬 그는 눈길을 어느 곳에 두어야할지 몰라 난감하다.

수정처럼 푸른 하늘이 비칠 것만 같이 맑고 큰 눈이다,

갸름한 얼굴의 예쁜 보조개와, 앙증맞게 작고 도톰한 입술이 꼭 앵두 닮은 인형이다.

얼굴이 약간 달아오르고 숨결이 가빠진 그가 어색하고 쑥스러워서, 차마 소녀의 얼굴 보기가 참으로 면구스러웠다.

"너, 여그서 맨날 새 보냐?"
조금 긴장된 가슴을 풀고 싶어 그가 소녀에게 말을 건넨다.
"아니, 어쩌다가, 오늘은 아버지가 시내 출타하셔서."

"너는 어디 사는디?"
"저어기, 서당 뜸."

상훈네 과수원 옆 마을을 가리키는 희고 매끈한 손가락이 참으로 투명하였다.

"내, 이름은 한 상훈이야. 니, 이름은 멋이냐?"

그가 제 이름을 대면서 그녀의 이름을 묻는다. 한참을 머뭇거리더니,

"하영이, 강 하영."

그녀가 맑고 초롱초롱한 눈을 들어 수줍은 보조개로 이름을 알려준다.

상훈이 집에서 싸가지고 온 아직은 보드라운 누룽지와 단 수수 도막을 풀어 소녀 앞에 펴놓고 같이 먹자고 한다.

괜찮다며 한사코 사양하던 그녀가 상훈의 재촉에 못이긴 듯 누룽지를 조금 떼어 입에 넣는다.

누룽지를 깨무는 보조개 핀 볼이 잘 익은 수밀도색깔처럼 발그스레 곱다.

넋 빠진 눈으로 그녀를 쳐다본다, 그가 단 수수 껍질을 벗긴다, 그녀에게 줄 요량으로 떨리는 손으로 벗기다가 손가락을 베었다.

눈이 화등잔만 하게 놀란 그녀가,
"저걸, 어떡, 어떡해." 하더니,

상훈의 손가락을 잡고 흐르는 피를 그녀의 입으로 빨아준다. 상처를 눌러 지혈을 시키고는 하얀 속치마 한 쪽을 북 - 찢어 싸매준다.

처음 만난 사람의 피를 빨아주며 제 속치마를 찢어 상처를 싸매주는 그녀의 행동에 무척이나 감격한 그가,

"하영아. 고맙다. 근데 치마를 찢어서 어떡헌다냐?"

정말 고마워서 어쩔 줄 모르는 상훈이 그녀에게 인사말을 한다.

"아니야. 내가 도리어 미안허다. 나 때문에 다쳤는디 뭘, 내가 미안허지."

얼굴만큼이나 마음 씀씀이가 고운 그녀에게 상훈의 가슴이 벅적자근 하게 설레기 시작한다.

그 일로해서 어색하고 부자연스럽던 서로의 관계가 자연히 해소되고 부드러워졌다, 부끄럽고 서먹서먹한 사이가 조금은 스스럼없이 이야기를 나눌 수 있는 상태로까지 발전된다.

10

물 위에
임보다 먼저 핀

복사나무의 연분홍 꽃 이파리
떠 있습니다

새는 하늘나라 천도복숭아 익는
천상계가 훤히 보여

그 물감 풀어서
눈가장자리 붉어집니다

연분홍 봄날과
꽃잎 사이

아그배나무 하얀 꽃잎 머리에 쓰고
아지랑이 가물가물 걸어온

저 설렘의 거리距離를
자근자근 날아보고 싶습니다.

- 복사꽃 물감 풀어서 -

소녀는 상훈과 같은 학교 5학년이며, 급장이고 학교까지 걸어서 통학한다고 한다.

수업이 늦게 끝나는 날은 저 공동묘지를 지나려면 오금이 저리도록 무섭다고 조곤조곤 일러준다.

말수가 적은 그녀는 자주 조잘거리지 않았다, 조신하면서도 당당한 기품이 스며든 말솜씨다.

자기가 하고 싶은 말을 나직하게 피력할 때, 상훈은 그녀의 안광 속으로 저도 모르게 스르르 빨려드는 느낌을 받는다.

참새 떼가 날아와 나락을 까먹든지 말든지, 둘이서 노닥거리는 사이 지글지글 끓던 해가 공동묘자 마루에 걸렸다.

새들은 날아가고 땅거미가 차츰 묻어와 논다랑이에 낮게 깔린다, 소녀는 늦었다며 언제 만날 약속도 없이 서둘러 집으로 간다.

이천 명이 넘는 학교운동장은 장바닥 속이다, 그녀를 찾을 수가 없다, 시작 벨소리가 난다. 상훈이 서운함을 참고 교실로 들어간다.

그는 책상 앞에 앉거나, 누워도 그녀의 얼굴이 맴돈다. 상훈의 그리움은 이때부터 생겼다.

농번기방학이다. 전주천변에 말씨바우(곡마단) 구경 가자는 친구도 뿌리치고 과수원으로 달려간다. 새 보러 가겠다고 상훈이 자청을 한다,

"저, 녀석이 무슨 바람이 불었을까?"
고개를 몇 번 갸웃거린 아버지가 미심쩍은 웃음으로 허락해준다.

시암골 찹쌀배미 푸른 논두렁, 찢어진 우산아래 하얀 부라우스의 그녀가 있었다.

이심전심이었다. 상훈은 가슴이 터지도록 기쁘고 반가워한다.

만나지 못한 그동안 며칠 사이 소녀가 더 예뻐지고 성숙해진 것 같이 상훈은 느껴진다.

"너, 찾을 라고 운동장이랑 5학년교실복도를 몇 번이나 어정거렸는디-"

"피이-, 누구는 뭐, 안 찾은 줄 아남?"
하면서 고운 눈을 흘긴다. 그녀도 무척 반가운 눈치다,

어제저녁에 조부님 제사 모셨다며 떡과 과일 전 부침개를 약간 부끄러운 듯 상훈에게 내민다. 희고 앙증맞은 손이 예쁘다.

마치 사랑하는 연인들이 몇 년 만에 해우한 것 같았다, 서로가 그리웠던 심사를 겉으로 내비쳐 표현치는 않았으나,

흐뭇하고 가슴이 뻐개지게 벅찬 것은 두 사람 모두 마찬가지다.

11

유리창에 붙어

내 설움 우는

씹다만 껌 딱지

- 매미 -

　오후 새때쯤 앞산 공동묘지 화장터 옆 산비탈에 땅차가 들어왔다. 부르 릉거리며 참호처럼 길게 계단식 이랑을 서너 줄 낸다.

　푸른 옷 입은 죄수들이 굴비두릅 엮듯 포승줄에 줄줄이 엮이어 몇 트럭 인가 실려 왔다. 밭고랑에 감자 씨 심듯 차곡차곡 안쳐졌다.

　초가을 햇살에 누런 금테가 번쩍번쩍 빛나는 권총 찬 높은 사람이 무어 라고 일장 연설을 하고나서 만세삼창을 불렀다.

　대한민국만세, 만세, 만세, 포승줄에 묶인 죄수들이 엮인 팔을 들어 만세 를 부른다.

조선 인민공화국만세를 외친 젊은 청년이 제일 먼저 쓰러진다, 탕 탕 탕 기관총소리가 불을 뿜어 쏟아져 내린다.

수수모가지 꺾이듯 흙구덩이에 앉은 채로 꺾여져 꼬꾸라진다. 구구식장총, MI소총, 칼빈총, 기관총소리가 한데 섞이어 자지러진다.

싸잡아 몰아친다. 귀청이 떨어지고 사지가 벌벌 떨린다. 건지산이 놀라 새파랗게 혼절을 한다.

기겁을 하여 놀란 상훈이 앞에 앉은 하영의 치마폭 속에 까투리새끼 대가리 처박듯 얼굴을 묻는다. 새파랗게 질린 그녀가 상훈의 등에 엎어진다.

얼마나 지냈을까 총소리가 그쳤다, 정신을 차린 상훈이 참새막 바닥 갈자리에 피 묻은 걸 보았다. 하영이 총에 맞은 걸로 짐작한다.

"하영아 – 너, 총 맞었는 갑다."
하면서 그녀의 몸 여기저기를 경황없는 눈으로 살펴본다.

얼굴이 백짓장처럼 하얗게 질려 부들부들 떨던 그녀의 귓불이 붉어졌다, 빨개진 얼굴에 앵두 같은 보조개가 곱게 고인다.

아무 말 없이 하영이 새막을 내려갔다. 총 맞은 것 같진 않다.

"하영아. 너 왜, 그러는데?"
그가 물었지만 고개를 푹 숙인 하영이 부리나케 집으로 가버린다.

얼마 지난 후에야 그 피가 총 맞은 것도 단수수껍질에 베인 피도 아닌, 제

몽정 같은 그런 것일 거라고 어렴풋이 짐작한다. 그녀에게 정말 미안했다.

그 뒤론 그녀가 오지 않았다. 공동묘지 골짜기엔 사흘 걸러 생지랄 같은 아비지옥이 벌어졌다. 하늘도 놀랐는지 새 한 마리 보내지 않는다.

그녀가 오지 않는 참새보기는 아무 의미가 없다. 그는 새보기를 그만둔다.

안달이 난 상훈이 찾아간 서당뜸은 마을 앞으로 맑은 시냇물이 햇살에 반짝반짝 빛을 내며 흐른다.

병풍처럼 둘러친 건지산 아래 아늑한 터에 삼십 여 호가 옹기종기 모여 부락을 이루었다.

초가을 언저리가 내려앉은 초가집들이 띄엄띄엄 들어선 고샅을 조금 빗겨 완만한 곳에 고색 깊은 기와집 뒤로 울창한 대숲이 짙푸르다.

거만하게 우뚝 선 솟을대문 겨드랑이에 이어진 행랑채 앞까지 산그늘이 내려와 해롱거린다.

기와지붕에 검버섯이 희무끄래 핀 잿빛색깔을 쓰다듬고 있다. 안채와 행랑채 사이에는 여러 가지 정원수가 식재되어 운치를 돋우고 있다.

그 가운데 자그만 연못을 갖춘 아담한 정원이 하영의 집일 거라고 상훈은 짐작한다.

검버섯 핀 기와지붕의 침침한 색깔과 짙푸른 댓잎이 서걱거리며 사운 대는 소리가 화동和同한 때깔의 가을을 합성하고 있다.

강부자네 증조부 때부터, 서당을 드려 마을 아이들을 가르쳐서 부락 이름이 서당뜸이 되었다고 머리에 흰 수건 고깔을 쓴 마을 노파가 일러준다.

마을 입구 팽나무 아래 곰방대 물고 꾸벅꾸벅 졸고 있는 노인을 만난다.

"할아버지, 안녕하세요? 저- 말씀 좀, 여쭙겠는디요."
그가 주무시는 할아버지를 깨웠다.

"응? 니가, 누구냐?"
찐적찐적한 눈곱의 실눈을 간신히 뜨더니 그를 쳐다본다.

"예, 저는 저어기 우방리 과수원집 아들인디요. 동네 구경 왔구만요. 근디 저 큰 기와집이 누구집이래요?"
하고 묻는다.

"강 진사 댁, 말이구먼."
"할아버지. 그 집이 이 동네서 제일 부자 집인가요?"

"그건 왜 물어?"
"그냥, 궁금해서요."

"그놈, 참 싱거운 녀석 일세. 아 - 옛날 강 진사 때만 혀도 떵떵거리고 잘 살았는디, 해방되고 나서 많이 퇴락 해져 버렸어. 허기사 시방도 백여 두락 농사 거둔께 제일 부자라고 봐야 쓰것지. 토지개혁 때 솔찮이 축났지만 서두. 암만."

호두알처럼 쭈글쭈글 합죽한 입으로 오물오물 이 빠진 소리를 밀어낸다.

"그럼, 강 진사 집은 해방되어서 안 좋아 했겠네요? 토지개혁으로 망혀먹었으먼."

"웬걸, 강 진사손자가 왜정 때 수리조합 평의원인가 뭣인가 나와 가지고 나쁜 짓을 혔든개벼. 지금으로 말 헐 것 같으면 부정선거라는 거여. 그래 가지구 설라 무네. 험 험 가막소 가서 앉었는디 어쩔 거여. 그놈 빼 오니라 전답을 급히 처분허는 바람에 그 많던 재산이 거의 바닥이 났디야."

"할아버지. 그럼 큰손자는 뭣 땜시 부정선거를 혔당가요?"

"아- 그게, 그놈이 일번유학 가서실라매 허라는 공부는 안 허고, 헛바람만 잔뜩 들어가지고 왔는디다 대고, 그 사람 아래 따라 댕기는 놈들이 돈 좀 울궈먹을라고 평의원 나오먼 된다고 자꾸 쏘삭거려서 그러케 되얏지 뭐."

"그러먼, 그 손자 말고 딴 손자는 없었능가요?"
호기심이 발동한 그가 또다시 물어본다.

"어디가! 강진사네 손자가 셋인디, 모다 동경유학 갔지. 큰 손자는 재산 탕진허고 가막소 다녀와서 화병으로 먼저 죽어뻔지고, 셋째 막내손자는 몇 해 전에 초포다리 밑이서 멱 감다가 심장마비로 빠져죽었어.

참 똑똑허고 아까운 사람이었는디, 시방 저 집 사는 게 둘째손자여, 거기도 일번 가서 대핵교 나왔어. 와세다라든가 어디라든가 하여간 그런 디

나왔댜."

말씀 하는 게 힘이 드는지, 휴- 하고 모된 숨을 내쉰다. 곰방대에 장수연 봉지담배를 엄지손가락으로 꾹꾹 눌러 담는다. 닭 표, 당 성냥을 북- 그어 불을 붙여서는 합죽하고 쭈글쭈글한 입에 꼬나문다.

"할아버지 말씀 잘 들었습니다. 고맙습니다."
상훈은 고개를 숙여 깍듯이 인사를 한다.

발걸음이 짧은 가을해가 어느덧 건지산 날망을 걸어간다. 하영이네 집 솟을대문에 걸렸던 산 그림자도 거두어가고, 산비둘기가 날아간다.

상훈은 하영을 만나러 간 게 아니었기에, 가벼운 마음으로 서당뜸 마을 을 빠져나온다.

12

"그냥 당혀뿌렸어."

벌건 대낮 총 든 흑인병사 둘에게
당하고 나온 여인의 말이다

기막히고 어처구니없으면
눈물도 나오지 않는다.

"서양 것들도 우리 맹키로 이쁘고 미운 것이랑 나이도 얼렁 못 알아보는 개비여, 젊고 이
쁜 여자들 쌔뿌렸는디, 해필이면 저로코롬 나이 먹고 팟싹 쇠야버린 촌 예펜네를 골라 갔
디야, 그나저나 이 노릇을 어찌야 쓴댜."

백인 헌병에게 끌려가면서도
바락바락 악을 쓰며 대든다

점령군이 전리품 하나 건드린 게
무슨 죄냐고, 갓댐

그렇다. 그들은 점령군이고
우린 깜둥이의 노획물 이었다

오백 살 드신 남문은 벙어리 되어
눈만 끄먹거렸고

해도 없고 달도 없는 외로움 밤
서럽고 나약한 전리품은
뒷산 조선소나무에 한 맺힌 목을 매었다.

– 슬픈 전리품 –

상훈이 이사 온 전주는 시가지 밖으로 높고 낮은 산들이 병풍처럼 둘러쳐져 있다.

그 아래 서북쪽으로 흘러내리는 물이 각시바위 중바위를 돌아 한벽루 돌기둥 밑 꺾어진 바윗돌을 휘돌아 치고 내려, 이팝나무 꽃 피는 다가산을 감아 돌아 흐른다.

남고사를 비롯한 고찰古刹들이 동서남북 골짜기마다 터를 닦아 들어선 산사의 풍광과, 그를 둘러싼 우거진 소나무와 울창한 편백나무가 숲을 이루어 운치를 더했다.

아름드리 소나무들이 울울하게 우거져 짙푸르다. 키 큰 자작나무와 합환나무, 상수리나무 같은 활엽수들이 어우러진 산의 풍치는 참으로 아름다운 한 폭의 수채화다.

시가지는 기와집이 줄줄이 늘어선 동양화와, 고층건물과 관공서, 은행, 상가건물이 줄지은 풍경의 서양화가 알맞게 조화를 이룬, 천년고도의 풍모를 갖추고 있으며,

남에서 북으로 도도히 흐르는 남천 냇가 방천 뚝 아래와 다리 밑에는, 동냥아치들과 밤 도깨비가 자리 잡고 살았다.

아름다운 푸른 숲으로 둘러싸인 전주시에서도 지대가 조금 높은 야트막한 구릉지역에, 여러 학교들이 자리 잡았으며 상훈의 학교도 거기 있었다.

상훈의 학교 공부는 역시 신통치 못했다. 이미 교과를 젖혀놓고 중학교 진학공부에 돌입한, 수업을 따라가기엔 부족한 그의 실력이기 때문이다.

상급학교 진학성적의 성과로 높은 평가를 받고 싶은 담임선생은, 상훈처럼 성적이 뒤처진 몇몇은 아예 내팽개치고 오직 진학수업에만 열을 올린다.

야간수업이 끝나 터덕터덕 집에 오는 길, 정거장 옆 콩기름공장을 지나가야한다. 고소한 콩기름냄새가 환장하게 시장기를 돋우었을 뿐이다.

13

하얀 배꽃 이파리
날아와
내 가슴에 붙네

정거장 기적소리는
봄날을 적시는데
오시는 그 사람
아무도 없네.

비로소
천 갈래 오고 감이
바람인 것을

저어기 아가씨나무 꽃
그냥 지는데.

- 배꽃은 지는데 -

상훈 아버지와 담임은 그를 본래의 학년을 찾아주도록 유급을 시킨다. 다시 육학년이 되어 하영이와 같은 학년이다. 자주 만날 수 있어 다행이다.

상급학교 진학의 귀재로 꼽힌 담임은 또 육학년을 맡았다. 상훈은 그 학급에 편성되었고, 새 친구들을 만나 서먹서먹한 얼마를 보낸다.

학기 초부터 밤늦게까지 꽉 찬 수업이다. 하영을 만날 기회가 없다. 어쩌다 복도나 운동장에서 마주치면 분홍색깔 짙은 눈웃음만 나눈다.

천지를 발그레 수놓아 꽃구름을 만들던 복사꽃지고, 첫물복숭아 철도 지나 단물 많은 수밀도복상이 나올 무렵, 토요일 오후.

뜬금없이 하영이 저희 반 친구들과 함께 과수원에 놀러왔다. 그녀들의 깔깔대는 웃음소리가 상훈이 낮잠 든 원두막아래 와 있다.

느닷없는 방문에 얼떨떨한 그가 어서 오라며 멋 적은 얼굴로 서 있는데

"상훈아. 우리 복상 먹으러왔다. 느네 과수원 참 크고 좋다."
그녀가 인사를 한다.

"크기는 뭘, 커. 그나저나 잘 왔다. 내가 얼른 복상 따 올텅 게 느덜은 시원한 원두막으로 올라가 있어. 여긴 더운께."

가슴에 풍선 든 것처럼 부푼 그는 과일 담는 바구니를 들고 복숭아밭으로 불이 나게 내달린다.

내일아침 청과물 약강에 내갈 복숭아 포장작업을 감독하던 상훈아버지가

"너, 여기 왜 왔냐?"
뜨악한 얼굴로 묻는다.

"아버지. 저 복상 한 이관만 주셔야 것는 디요."
상훈이 송구스런 듯 아버지에게 말한다.

"왜? 어따 쓸라고?"
"우리학교 친구들이 왔구만요."

"그려? 어이, 박첨지. 거 잘 익은 걸루다가 스미도복상 좀 냉큼 따다주게, 좋은 걸로다가."
수밀도복숭아를 과수원에서는 아직도 왜놈말로 스미도라 불렀다.

머슴들 중에서 나이가 제일 지긋한 박 씨 아저씨가 금 새 한 바구니를 따 다준다.

"야-, 상훈아. 잘 대접혀서 보내 거라."
과일바구니를 들고 돌아서는 상훈에게 아버지의 당부다.

복숭아를 실컷 먹은 하영 일행이 과수원구경을 마치고 간다. 바깥 큰 대문 까지 배웅하고 돌아온 상훈에게 아버지가 묻는다.

"상훈아. 느 친구들 다 갔냐? 아까막시 그 애가 서당뜸 사는 애장?"
남의 채마 밭에서 무 뽑다 들킨 놈처럼 깜작 놀란 상훈이 토끼눈을 뜬다.

"에? 아버지가 그걸 어떻게 아셨는디요?"
"야- 이 녀석아. 아버진 진적에 알고 있었어. 이 녀석아."

"아버지가 어떠케요?"
상훈의 순진한 물음이다.

"니놈이 새보러 가것다고 자청할 때부텀 내가 알고 있었지만, 니놈 허는 소행을 지켜 보니라고 암말도 안코 있었다. 너, 이 애비가 모르는 줄 알고 있었지?"

"예-그러셨구만요. 숨길라고. 그렇게 아니고 그냥 친구 고만요."

쑥스럽고 황망한 그는 모기소리만 하게 변명 같은 대답을 해놓고 얼른 제 방으로 들어가 버린다.

"허, 저 녀석. 핑계 대는 것 좀 보게나. 누가 저더러 뭐라고 혔간디, 헛 참, 그 녀석."

상훈아버지가 흐뭇한 웃음을 싱겁게 머금는다.

14

마음 한 점 묻지 않은
하얗게 서리 내린 날

너 저승가고
나 이승 뜰 때

암 말 말고
손만 흔들어

하양 눈물 강 여백으로
꼭 저렇게 손을 흔들자.

- 억새꽃 -

시내에 사는 상훈과 시골에서 다니는 하영과는 활동반경과 등교하는 길이 다르다. 벅찬 수업에 매달려 좀처럼 보기가 어렵다.

학교에서 간혹 마주친다 해도 보는 눈이 많아 내밀한 이야기 한마디 못하고 정겨운 눈웃음만 보내고 지나친다.

토요일 오후 늦은 해거름에 상훈이 과수원에 간다. 철로 건널목을 막 건너는 하영을 우연히 만났다, 이게 얼마만의 해우인가?
"하영아- 오랜만이다. 이제야 집에 가냐?"

반가움에 겨운 그가 빨리 뛰어간다. 조금 발그레해진 얼굴로 하영이 방실 웃는다.

이제 금방 자갈부역이 끝났는지 자갈이 와글와글한 신작로 자갈길을 하영이 그의 뒤에 조금 떨어져 걷는다.

궁금하고, 하고 싶은 말들이 많았었는데, 그녀를 막상 만났는데 머릿속이 하얗게 빈다. 무슨 말을 하고 싶었던가? 도무지 생각이 떠오르지 않는다.

고개를 숙인 채 묵묵히 뒤따르는 그녀도 똑 같은 심사인지 말이 없다. 신방죽거리 고개를 넘자 오가는 행인이 뜸해졌다.

산 밑에 납작 엎드린 외딴 초가집을 지나 아름드리 소나무가 울창한 솔밭에 이르러 상훈이,

"여기서 조금 쉬었다 가자."
먼저 말을 꺼낸 그가 솔숲으로 든다. 고개를 끄덕인 그녀도 깡충 뛰어 숲으로 든다. 인기척에 놀란 장끼가 푸드득 하고 건너 산으로 날아간다,

"어머나!"
그녀의 외마디소리, 장끼소리에 깜짝 놀란 그녀가 기겁을 하고 상훈의 품에 안긴다.

지난여름 시암골 찹쌀배미 새막에서 그녀의 체취를 마주쳐본 후에 얼마만에 맡아보는 숨 막힌 그녀의 향기인가,

상큼한 하영의 머리칼냄새와 달착지근한 살 내음이 그의 코에 스며든다. 꿩, 꿩, 장끼 울음소리가 골짜기에 메아리쳐 조응한다.

째근거리는 그녀의 숨결과 너울대는 상훈의 심장이 물결친다. 그의 품속을 빠져나간 그녀는 약간 부끄럽다.

"미안해."
그녀는 처음으로 남자 품에 안긴 거다. 쑥스럽다.

"아니, 괜찮아. 그나저나 많이 놀랬냐?"
상훈이 묻는다.

"쪼께."
연달래 색깔쯤 상기된 눈웃음을 머금은 그녀가 솔숲으로 들어간다. 신작로 멀리 깊숙한 곳에 자리 잡는다. 머리위로 솔잦새가 포르릉 날아간다.

책가방에서 작은 책보를 꺼내 잔디위에 펴서 상훈을 앉힌다. 그녀는 하얀 가제손수건을 깔고 앉는다.

"오늘 왜, 이렇게 늦었냐?"
살구꽃 색 그녀의 고운 옆얼굴을 쳐다보며 그가 묻는다.

"응, 오늘 시험 본 것 채점 허시는 선생님 도와 드리니라고."
"그럼, 너는 몇 점 맞었는디?"
"몰라, 몰라. 너는 그런 걸 다 물어본다냐? 남자가."

꽃은 아무렇지 않아도 예쁜 거다. 그것이 어찌하여 아름다운 것인가에 대한 어떤 까닭이나 이유도 존재하지 않는다.

비록 꽃들이 아름답다하여 시비를 가린다거나, 그걸 학술적으로 또는 예술적 논리로 평가해야 할 어떤 근거도 없다.

벌 나비마냥 꽃에다 빨대를 박고 생활수단으로 기생하지 않는 인간과 꽃의 거리는, 소월의 〈산유화〉처럼 그냥 자연과의 거리 저만치 서서 아름다움만을 사랑하면 되는 게다.

꽃은 잠잠히 피어나고 소리 없이 고요하게 진다. 천둥벼락 빼놓고는 사람도 모든 만물이 그렇게 진다. 살아온 그늘과 허망한 미망의 굴레에서 의연하다.

"상훈아. 너는 어느 학교 시험 볼래?"
그 사이 만나지 못한 동안에 마음속으로 새겨서 이물어진 까닭인지, 그녀가 상훈의 손을 잡고 정겨운 눈으로 쳐다보며 묻는다.

"나는 아버지가 제일중학교 가라는디, 너는 어느 핵교시험 칠라고 허냐?"

"나도 집에서 완산여중학교로 가라고 그랴."
실눈을 가늘게 뜬 그녀가 그래도 괜찮겠냐는 듯 그를 올려다본다.

"그럼! 너는 공부 잘헌께, 문제없을 거여."
"잘 허기는 뭘 잘혀. 글쎄, 나도 모르것다."

하영이 앉은 채 두 다리를 쭉 피면서 담담하게 대답한다. 짙은 밤색 짧은 치마 밑으로 곧게 뻗은 하영의 하얀 다리가 미술관조각처럼 날씬하다.

"상훈아. 우리 서로 시험공부 땜시 자주 만날 수 없응게, 너나 나나 공부 열심이 혀서, 중학교 합격 혀 놓고 자주 만나기로 허자."

그녀가 또랑또랑하게 제 의견을 내놓는다.

"그려, 그게 좋것다. 우리 학격헌 뒤에는 자주 만나기로 허고, 우선은 아무리 바뻐도 니가 시간 좀 내서 가끔씩 만났으먼 쓰것다."

"그렇게 될란가는 모르 것는디, 어거지라도 내가 시간을 좀 내 볼께."

그녀가 연달레꽃 사랑스런 눈웃음을 그의 얼굴에 붙인다.

15

- 달그림자 -

샛별처럼 싸늘하게
식어버린 네 눈빛에

내 강물은 얼어붙어
그리움만 비치는데

언제나 들려오려나
은하가 돌돌돌 흐르는 밤

달그림자 건져다가
내 마음에 걸어줄

- 꽃 피는 소리.-

과수원 뒷문을 열고 나가면 길 건너편에, 아담하게 잘 가꾸어진 외딴 기와집에 젊은 과부가 홀로 살고 있다.

계절 따라 철마다 채송화며 맨드라미, 구절초, 봉선화, 나팔꽃 같은 꽃들이 피어나고 마당엔 빗자루자국이 언제나 선명하게 정갈하였다.

어쩌다 심심한 멧새와 산새가 몇 마리 와서 고개를 갸웃거리다 날아갈 뿐 들고나는 사람의 인기척이 끊긴 듯, 항상 적막하고 고즈넉한 분위기가 가득히 고여 있는 집이다.

섬돌엔 흰 고무신 한 켤레 가지런히 놓여 고요를 감싼다. 이따금 어린 계집아이 하나 정지에 드나들 뿐 젊은 과부 얼굴은 보이질 않는다.

언제나 적막한 이 과부네 집을 밤이면 상훈의 아버지가 남몰래 살금살금 숨어 다녔다. 무슨 연고로, 어떤 수완으로 그 여인과 정분을 통하게 되었는지는 아무도 모른다.

봄날 과수원의 흐드러진 복사꽃 정감을 못 이긴 불장난이었는지, 육신의 욕구를 풀기 위한 잠깐의 외도였는지는 알 수가 없다.

여인자신의 노후를 생각해서, 언덕너머 불탄리에 매물로 나온 사과나무 300주짜리 과수원을 사달라는 요구에 기겁을 한 남자가 발길을 뚝 끊은 게 탈이 된다.

정절을 잘 지키며 수절하고 살던 과부가 외간남자와 정분을 나눈 수치심과, 자기가 오욕시킨 시집의 명예와,

소청을 거절하고 발길을 끊어버린 남자의 배신에, 울분을 못이긴 여인은 대들보에 목을 매달았다.

상훈아버지의 불장난이 나비효과를 일으켜, 꿈에도 생각하지 못한 시련의 무서운 한파가 몰려와 엉뚱하게도 상훈과 하영을 덮쳤다.

몹쓸 운명은 그들이 감당키 어려운 시련을 안겨주어 혼돈 속에 허우적거리도록 만들었다,

자결한 젊은 과부가 하영의 막내숙모이며, 상훈아버지와의 관계를 전혀 몰랐던 그들에겐 청천벽력이다.

수절하던 막내제수가 저지른 집안의 망신과 수모와 분노가 하늘 끝까지 치밀어 오른 하영아버지 강 부자는 상훈아버지와 철천지원수가 되었다.

그들의 관계를 어떻게 알았는지, 그놈 집안과는 대대손손 원수지간이니 절대로 그놈과는 상종을 하지 말라는 불호령이 하영에게 떨어졌다.
"하영이 너, 만약 그놈 허고 만나기만 허는 날엔, 다리몽생이를 분질러버릴 랑게 알아서 처신을 잘 허도록 혀, 알아들었냐?"

강 부자는 울그락 붉그락 벌게진 얼굴로 다짐을 하였고, 얼굴이 하얀 백짓장처럼 사색이 된 그녀는 몸 가누기가 힘들어 변변한 대답조차 못한다.

서당뜸 인근에 여름날 안개 퍼지듯 널리 소문이 퍼진다. 호사가들의 입방아에 가문이 망신을 당해서, 창피하고 부끄러워 얼굴을 들고는, 이 마을

에선 도저히 살 수가 없다며 탄식하던 강 부자 그녀 아버지가,

뼈에 새기고 한에 서린 고민 끝에 피맺힌 결심을 하였다. 조상님들에게 죽을죄를 짓는 심정으로 선대로부터 내려온 명예와 권세를 모두 버리고, 아무도 모르는 낯선 도시로 이주하기로 작정을 한다.

백여 두락의 논과 밭을 전부 소작인에게 맡겼다. 건물과 나머지 자질구레한 재산을 처분하여 전주로 솔가를 한다.

하영이네가 전주시로 옮겨 온 곳이 상훈이 학교 가는 길 초입의 노송동이다. 오히려 그 두 사람이 몰래 만나기가 퍽이나 쉬워졌다.

그래도 시간은 흘러가서 상훈은 제일중학교에 합격한다. 그녀도 완산여중학교에 합격하였다. 중학교 시험 합격발표가 모두 같은 날이다.

제일중학교 게시판에서 이름을 확인한 그는 아버지를 먼저 보낸다. 둘이 만나는 비밀아지트 나폴리빵집으로 달려간다.

합격의 기쁨을 제일 먼저 하영에게 알리고 싶었다. 합격통지서를 들고 달려온 하영의 얼굴은 잘 익은 수밀도다. 합격하면 만나기로 몰래 약속한 제과점이다.

전주로 나온 강 부자는 서울 사는 가까운 집안 아우가 경영하는 〈G 석유회사〉의 전주시대리점을 인수받아 〈G석유전주시 대리점〉을 차린다.

석유창고는 시내변두리 인가가 드문 노송천이 흐르는 한적한 곳이다. 수백 개의 드럼통이 늘어설 수 있는 넓은 터에 자리하였다.

강 부자 자신은 며칠에 한 번씩 회사에 나간다. 운영상황을 점검하는 소임일 뿐, 출납과 모든 관리는 큰아들이 실질적인 지점장 업무를 맡았다.

광복 후 전기사정이 좋지 않아 등유매상이 원활했다. 각종차량의 수량이 증가하여 휘발유매상도 늘어났다.

그에 따라 강 부자네 가계家計도 서당뜸 생활보담 훨씬 윤택하여졌다.

16

- 달 항아리 -

토깽이 한 마리
월계수 한 그루

월궁에 사는
항아姮娥 선녀보다 더

깔끔하고 야무지며
푸근한

보름달로
하늘 간 우리 누님.

38선 부근에서 북한군과 수시로 툭탁툭탁하는 소규모전투이겠거니 여겼는데, 전면전을 일으킨 북한의 남침으로 6월 전쟁이 기어코 터졌다.

금색으로 반짝이는 모표帽標와, 두 줄 하얀 띠 두른 학생모를 썼다.

학교빼지를 단 흰 교복상의에 쑥색바지를 입은 상훈이 등교를 한다.

7월 초순의 햇살은 녹색의 도시의 푸른 숲을 살갑게 쓰다듬는다. 화창한 일기와 새들이 지저귀는 노랫소리로 생기발랄한 초여름 아침이다.

전주송광사 사천왕같이 무서운 훈육주임선생과 규율부장이 서 있어야할 학교정문에 위장망철모에 착검을 한 군인들이 서있다.

위장막을 둘러쓴 군용트럭과 찝차가 눈알을 부라리고 들랑거린다. 전방에서 싸우다가 오늘새벽에 도착하였다는, 군인들의 눈알이 토깽이 눈알같이 벌겋다.

운동장가의 벚나무그늘 밑에 여 나무 채 세워진 천막 속에는 패전국깃발같이 추레한 군인들이 퍼져서 잠을 잔다.

쓰르라미도 아직 이른 하늘, 맑은 칠월 땡볕인데 벚나무 벚지 익는 소리도 숨을 죽인다.

운동장 여기저기 철모가 걸어간다. 핏발선 눈알들이 굴러다닌다. 38선이 터졌다는데 따가운 초여름 햇살만 하얗게 기죽은 운동장을 통통 뛰어다니며 싸남을 부린다.

수업시간 사이렌은 울리지 않고 교무실 쪽 소식은 잠잠하다. 재실모퉁이 상여 집 마냥 무거운 정적만 착, 가라앉아 감돈다.

해가 닷 발이나 떠오른 중천에까지 땡볕운동장에 반나절을 세워놓는다. 북어보다 더 삐쩍 마른 교장선생이 연단에 오른다.

교장의 훈화말씀이, 국가 초비상시국 때문에 오늘부터 무기한방학이란다.

이 얼마나 기막히게 기쁜 일이냐. 어린 상훈은 뛸 듯이 즐거워, 와- 하고 소리를 지를 뻔 한다.

이윽고 통통한 몸집에 배가 조금 나온 배속장교가 연단에 올라온다.

"에- 일이학년은 제외하고, 3학년 이상만 들어라. 에-, 너희들도 알다시피 국가가 초비상사태다. 조국을 위하여 자원입대할 사람은 손들고 열외로 나온다. 알겠나?" 호령을 한다.

서로 눈치를 보던 학생들, 하나 둘 옆줄로 나간다. 제일 앞자리에 5학년인 상훈의 사촌형이 서있다,

김석원 부대라고도하고 아니라고도 하였으나 큰형 모습은 그게 마지막이었다.

훗날 알게 되었지만 낙동강 변 포항전투에서 군번 없이 산화해 꽃잎처럼 떨어져 간 어린 학도병이 그들이다.

17

- 침묵의 무게 -

말을 가두고
침묵으로 깨달음에 이름은

언어를 넘어서고
문자를 넘어서도

침묵의 혀로
고요를 구求하여 대오하거늘

혀가 짧아 말마저도
궁색한 주제에

침묵의 무거움을
내 어이 감당하랴

목숨 진 훗날에나
육탈된 혓바닥이

영원한 침묵의 깨달음으로
해탈의 경지에 이를 수 있으려는지.

"오오나알도오오 건는다아마아느은"피곤에 찌든 피난민 행렬이 몰려온다. 과수원 옆길 17번국도로 수도 없이 꾸역꾸역 밀려온다.

하늘에선 호주기가 쌕쌕거리고, 어린아이는 배고프다고 보채며 운다.

이불보퉁이 위에 솥단지 얹어 짊어진 기구한 행렬이 지나간다.

한 손에 하나씩 두 손에 어린것 손 잡히고, 발바닥 부르터 칭얼대는 놈, 어깨 위 무동을 태우다가 띠방을 엮어서 간다.

늙은 어미 지게에 얹고 어제도 오늘도 하염없이 간다. 언제까지 어디로 가야할지도 모른 채 무작정 간다.

길가에 밤톨만한 묵은 배 몇 알 벌려놓은, 열여섯 살 순섭이 좌판 앞에, 넥타이를 반쯤 푼 젊은 남자가 쪼그려 앉는다.

검버섯번진 얼굴에 삐쩍 마른 가시내가 그것도 여자라고, 그, 꼴 난걸 은근히 찝쩍거린다.

"미친놈! 빚이 천 냥이면 좆도 안 꼴린다는 디, 피난 가는 경황에 무슨, 쯧쯧, 혀를 끌끌 차며 가는 노인네.

지친 마음을 질질 끌며 남으로 남으로 하염없이 떠내려간다.

구름에 달 가듯이, 술 익는 마을 찾아가는 길이 아니다. 소록도로 절룩거리며 기어가는 용천배기 한하운 보다. 더 무거운 발걸음으로 비칠비칠 간다.

남도 칠 백리 메마른 전라도 황톳길을 간다.

"저엉처어, 어업씨이, 가아안다아."

비틀거리는 노래를 곡조도 버린 채 외면서 간다.

전쟁방학 후에 만나지 못한 하영의 소식이 궁금하다. 그녀를 찾아 상훈이 정거장 앞을 막 지나친다.

땅거미내리는 전주역, 기다란 화물열차가 푹푹 거리며 가쁜 숨을 몰아쉬고 들어오더니 털썩 주저앉아버린다.

또 다시 언제쯤 어디로 갈 것인지 아무도 모른다. 곳간차에서 피난민이 산처럼 쏟아져 내린다.

몇 날 몇 밤을 곳간차 아비규환 속과, 지붕꼭대기에 매달려 시달리고 애태우며 보대꼈는지 내리기가 바쁘다.

역사 옆 마루보시[1]) 창고 시멘트바닥에 누워 칼잠을 잔다. 네 식구 내 식구, 아우 삼촌, 고모 조카, 처자식 챙기는 건 엄두도 못 낸다.

아무 곳이나 먼저 눕는 사람이 임자다. 모두 한 범벅으로 엉클어진다.

살집이 통통한 여인의 뒤에 붙은 낯선 사내가 앞 여인 엉덩이 몸뻬를 끌어내린다.

---

1)마루보시 : 대한통운의 왜정 때 이름

뒤에서 그것을 들이민다. 여자는 고개만 간신히 돌려 흘겨보더니 피식 웃고 도로 잠든다.

곳간차 지붕꼭대기에서 몇 낮 몇 밤을 매달려온 허기와 졸음이 그것보다 더욱 무서운 게다.

전쟁은 섹스도 해탈을 시켜 면죄부를 주었는지 정거장 알전등 한, 알 품은 어둠이 눈까풀을 지그시 내리깐다.

18

- 술항아리 -

무심을
한 토막 잘라다가

육자배기 잡아 빚어
꽃은 흙으로 피워졌거니

술항아리 묻어놓은
뒷골목 시음장 통술집엔

막걸리 한 사발에 10환
왕소금 볶은 안주 단무지 한쪽

빈 항아리 씻은 물도
취했습니다.

그때는
소나기 삼형제도 나란히 살았습니다.

　상훈이 혹여 하영네 부모나 식구에게 들킬까봐, 그녀의집 옆 측백나무울
타리에 숨어 동정을 살폈으나 집안이 교교할 뿐 아무 인기척이 없다.

　얼마쯤 기다리니 허리가 기억자로 작신 굽은 노파가 마당에 나온다.
　그가 다가가서 묻는다.

"할머니. 이집사람들 모다 어디로 갔대요?"
"응? 학생은 누군디, 그런 걸 물어보는 겨?"
"예, 저- 하영이 핵교 친군 디요."

"그려? 그렁께 저 뭐시냐. 나만 집 보라고 냉겨 놓고 싹 다 피난 가뿌렸어."

"언제요?"
"아, 언제냐 허면, 그것이 그저께 그만."

"그러먼, 어디로 피난 갔대요?"

"몰라, 어디로 갔능가. 나 한티는 말 안허고 갔응께. 나는 모르겄고만."

"할머니는 누구신디요?"
"나, 이집 허고는 먼 친척 벌 되는 사람이여."

수상한 사람 보듯 위아래로 상훈을 훑어보더니, 판자대문을 닫고 안으로 들어가 버린다.

허탈한 발길을 돌려나오며 하영의 소식이 궁금하여 애가 탄다. 피난가면서 말 한마디 없이 떠난 그녀가 조금 야속하기도 하다.

전주에 있는 상훈의 집은 상가나 공장이 없는 시내 변두리여서 비행기공습 같은 피해가 없을 것 같아, 피난을 당분간 미뤘다.

피난 가버린 하영을 언제나 만날 수 있을 것인가, 아까운 무엇을 잊어버린 것 같이 마음 한 구석이 텅 빈 허전함을 안고 북문삼거리에 이르렀을 때,

멀리 뿌우연 점 하나가 온다.

하늘 맑은 가련산모퉁이 덕진을 지나 진밧다리 건너, 금암동 철길 휘어진 곳으로 미루나무 속잎 반짝거리는 전군도로를 뿌우연 점이 달려온다.

이윽고 총소리 몇 방 내지르며 점점 가까이 커지더니, 기관총 한 대 앞세운 모터찌클 사이드카가 북문삼거리 전주에 들어온다.

어깨 견장에 소성 별 붙은 젊은 군관과 따발총을 둘러맨 어린 전사와 단둘이, 도청소재지 천년 전주성을 무혈입성 하였다.

반기는 사람도, 한 줌 저항도 받음 없이, 낮잠 자다 겁탈당한 한낮같이 허망하게 전쟁은 그렇게 왔다.

비행기공습이 점차 심해졌다. 상훈의 시내 가족도 과수원으로 옮겼다. 공습은 주로 밤에 많이 했다. 과수원 높은 원두막에 앉아 불타는 시내를 본다.

비행기가 공습을 할 때면 야광 탄을 터트린 하늘이 대낮같이 환하다. 폭음소리와 함께 화광이 충천한다. 시내 중앙동 상가 어디쯤 타는 것 같다.

낮에는 B.29가 높이 떠 맴생이 똥 싸듯 망울망울 폭탄이 떨어진다. 그리고 조금 있으면 건지산이 부르르 떤다.

우레 같은 폭음이 들린다. 전주로 들어가는 용산다리와 철교를 부수는 게다.

어느 건물인지, 자동차나 인민군대가 지나는 어느 길섶 인지, 쌕쌕이 호주기가 대가리를 내리꽂는다.

따다따다다 쿵, 기관포 갈기는 소리와, 네이팜 터지는 소리가 귀청을 찢는다.

하늘이 담배를 피운다.

저녁식사를 마친 상훈이 원두막에 올라, 까치가 쪼아 먹어 상품성이 없는 복숭아를 막 깨물 무렵 비행기가 야간 폭격을 시작한다.

하영이네 석유창고가 불타는 날이다. 서럽도록 눈물 나는 구경거리다.

멀리 내려다보이는 전주의 밤하늘에 벌건 수를 놓는다. 폭격기가 가버린 뒤에도 밤을 새워 폭죽이 터진다.

불꽃놀이보다 환하다. 학도병 나간 큰형이거나, 하영이 아버지가 담배를 피우는 게다. 뻐끔뻐끔 입으로 동그라미를 말아 올린다.

동그만 연기가 하늘 높이 오대양 육대주 올림픽기를 그린다. 펑펑 터지는 석유창고 드럼통은 소리 나는 전쟁 꽃을 하늘에 그린다.

하늘 캠퍼스에다가 한숨 비빈 유채화를 밤새도록 그렸다. 그 위로 눈물 젖은 하영의 얼굴이 떠오르더니 영화 필름처럼 돌아간다.

19

- 복사꽃잎에 쓰여 진 글씨 -

꽃잎은 아주 말을 잘 합니다
어제는 술을 마시고 싶었고

아침결에 친구 녀석이 먼저 떠나가 버리고
저녁 판엔 무슨 신명난 개지랄을 떤다던지

속삭이듯
이때는 실컷 울고 싶었을 거라고

이야기만 잘하는 게 아니라
목숨 끝에 피어나는 층층세월

그렁그렁 눈물 맺힌
글씨도 모두 쓰여 있습니다.

후퇴하는 국군의 뒤를 쫓아, 인민군이 남으로 남으로 내려간다. 낮에는 유엔군 비행기 때문에 기동이 자유롭지 못해 야간을 틈타서 행군을 한다.

이른 새벽 우련하게 먼동이 트기 전에 남으로 내려가던 인민군부대가 과수원에 들이닥쳤다. 사랑방, 헛청, 곳간, 과일저장고에 그득하게 누워 잔다.

소리를 죽이고 다니는 훈련을 받았는지, 그림자처럼 집안에 들어왔기에, 상훈은 아침잠에서 깨어나서야 알았다.

잠결에 홀연히 빼앗긴 집이 전선으로 내려가는 인민군 중대본부가 되었다.

모스크바대학 출신이라고도 하고 공산당 이론으로는 첫째라는, 선비마냥 얼굴이 하얀 중대장은 뒤 청 마루에 처박혀 하루 종일 책만 본다.

평양 중학교를 다니다 군대왔다는 촐싹촐싹 달랑거리는 나이 어린 중대본부소대장, 쓰르라미 길게 우는 하오쯤 상훈에게 복 달음을 하잔다.

오리봉고개 너머 안골 유 씨네 제실 옆 수박밭에서 주인이 부르는 대로 한국은행권 빨간 돈을 다발로 주고 산다.

값을 후하게 받은 주인이 수박을 지게에 가득 짊고 고개를 오른다. 오리봉 고갯마루 쉬어 땀을 식힌다.

중학교 4학년 때 군관이 되었다던가, 꽃다발을 걸어주며 열렬히 환송하던 어여쁜 평양 여학생 모습이 눈에 선 하다며 자랑에 신이 났다.

아직도 열아홉 어린 티가 지르르 흐른다. 그때 탕-, 갑자기 등 뒤에서 총소리다.

놀란 지게꾼이 엉겁결에 지게작대기를 발로 걸어차서 앞으로 넘어진다. 달덩이만한 수박이 와르르 무너져 언덕 아래로 구른다. 벌겋게 익은 단물이 철철 흐른다.

국방군 노획물이라고 어제부터 만지작거리던 칼빈 소총을, 팔로군출신 선임하사가 장난삼아 쏘아본 것이다.

어느새 소대장의 긴 장화 끝에 걷어차인 선임하사는 잔디밭에 무릎을 꿇었다.
"이, 쌍놈의 간나 새끼. 인민의 이름으로 즉결처분 하갓어!"

인민을 해방시키러 온 새끼가 농민을 놀라게 하느냐고, 저 아래 논바닥에 엎드려 만두리 김매는 농군들을 가리키면서 총을 겨눈다.

소대장 놈 하는 짓거리가 금방 쏠 기세다. 상훈이 달려들어 말렸다. 소대장이라고는 하나 전쟁 한번 치루지 않은 어린 게 얼마나 놀랐을까만,

농민들 불안은 거짓 핑계다. 진정 농민을 위한다면 총 쏘아 사람 죽이는 전쟁을 어떻게 한다냐?"

꽃다발 걸어주던 평양여학생 환상이 무참히 부서진 화풀이 게다. 인민은 무슨 놈의 인민해방, 도깨비 하품하다 이빨 빠지고 개가 풀 뜯어먹고 짖는 개소리다.

소대장은 또 한 번 빨간 돈으로 수박을 사야 했고, 주인은 지게삯품을 두 번이나 팔았으나,

빨간 돈은 두 달도 못 가 아무 쓸모없는 휴지가 되었다.

20

- 풍경風磬 -

바람은 풍경을 만나야
소승小乘 한다

바람 길이 눈에 보이는
풍경은
바람의 속을 훤히 안다

댕그랑 댕그랑
하안거 깨지고

노스님
생 불알 야위는 소리.

7월의 잉걸불을 하루 종일 퍼부어 내리 쏟던 해가 서쪽 공동산마루에 꼬랑지를 내리는 땅거미 질 무렵,

얼굴이 가무잡잡하니 대밭 족제비 같고, 눈매가 교활한 남자가 과수원에 나타났다, 저보다 더 큰 아식장총을 멘 작달막한 청년이 주인을 찾는다.

검암동 분주소에서 악질반동분자를 잡으러 왔다며, 불문곡직하고 상훈 아버지를 묶어간다.

총 들고 붉은 완장을 찬 위력 앞에 어떻게 손 쓸 겨를도 없다. 가장을 잃은 상훈의 집안은 온통 발칵 뒤집혀진다.

과수원 바깥일을 보는 집사가 따라갔다. 날은 어두워지고 어떻게 해야 할까 걱정만 하다가 날이 밝았다. 집사는 아직 소식이 없다.

상훈이 고민 끝에 인민위원회 완산군당 높은 사람으로 있다는 범생이 삼촌 생각이 문득 떠올랐다.

"할머니, 어머니. 아무리 생각혀봐도 지가 범생이 삼촌한티 댕겨 와야 쓰것는디요."
밥상머리에서 어른들에게 상훈이 여쭌다.

"그려? 너, 시방 범생이가 어딨는지 아냐?"
할머니가 묻는다.

"예, 완산군당에 있다는 말을 들었그만요."
하얀 띠로 머리를 질근 동여맨 할머니는 아직 아침밥상수저도 들지 않았다.

"아가, 상훈아. 그러면 니가 싸게 밥 먹고, 범생이 삼촌한티 어여 댕겨 와야 쓰것다. 삼촌 만나면 자세헌 사정을 소상허게 말씸드리고, 꼭 아버지 모시고와야 헌다. 알것지?"

전주에서 과수원으로 피난 내려온 어머니가 아들의 어깨를 다독거리며 신신당부를 한다.

"예, 지가 시방 후딱 핑 허니 댕겨 올 랑께, 너무 걱정들 허시지 마시랑께요."

아침도 뜨는 둥 마는 둥, 한 상훈이 쏜살같이 시내를 들어가 화원동에 있는 완산군청으로 달려간다.

군청에 이르러 붉은 완장을 차고 정문을 지키는 청년에게 범생이 삼촌을 찾아왔다고 한다.

"뭐? 범생이 동무를 면회하러왔어? 니가 그 양반 허고 뭣 되간디?"
상훈의 얼굴과 교복을 찬찬히 들여다보며 문지기가 묻는다.

"그, 양반이 우리 삼촌이구만요."
"참말로 느 삼촌이여? 그짓뿌렁 아니지?"

"아, 진짜 우리 삼촌이랑께요."
조금 토라진 듯한 상훈의 대답에 빙긋이 웃던 사람 좋은 얼굴의 문지기가,

"너, 제일중핵교 댕기는구나! 내 막내 동생도 그 중핵교 댕기는디, 시방 일학년이여, 너, 혹시 일학년 사반 최 학봉이 아냐?"

"예? 학봉이요? 가가 내 친군 디요. 그럼 학봉이 성님 되시는 감유?"
"그려! 내가 학봉이 둘째 성이여, 우리 학봉이 친구고만, 날 따라오니라 내가 범생이 위원장동무한티 디려다 줄텅게."

범생이 삼촌의 집무실은 담배연기가 자욱한 사무실을 지나 좁은 복도를 돌아간 곳에 있다. 문지기가 두어 번 노크를 하고나서 방문을 열고 들어간다.

"위원장동무, 야가, 시방 위원장동무 조카 된다고 혀서 지가 디리고 왔는 디요. 지 막내 동생 허고 같은 핵교 친구라고 허는구만요."

내 동생도 네 조카와 같은 중학생이란 걸 내세우고 싶은 뜻이, 은연중에 내포하고 있는 듯, 조금 비굴한 웃음을 비죽이 내민다.

꽤 넓은 집무실에 덩그러니 혼자 앉아 무언가를 쓰고 있던 범생이 삼촌이, 상훈을 본다. 커다란 눈을 깜짝 반기며 의자에서 벌떡 일어선다.

남향으로 앉은 넓은 위원장집무실벽에는 김일성과 스탈린 사진에 창으로부터 들어온 밝은 햇살이 반사되어 눈이 부셨다.

그 아래 푹 파묻혀 앉는 회전의자와, 필요 없이 크고 넓은 책상 앞에 범생이 삼촌은 있었다.

"상훈아! 니가 여기 어쩐 일이냐?"

반색을 하며 만면에 웃음을 물고 다가와 상훈의 손을 덥석 잡는다.
"그래, 집안은 별고 없고? 어르신들 다 평안하시냐?"
집안 안부부터 묻는다.

"삼춘, 큰일 났어! 아버지가 잽혀갔어."
해방되고 몇 해만에 만난 삼촌과 반가운 인사를 나눌 새도 없이 상훈은 다급했다.

"언제? 어디로? 뭣땜시 누구 헌티 잽혀 가셨는디?"
화등잔만 하게 눈을 크게 뜬 삼촌이 숨 쉴 새도 없이 묻는다.

"어제 저녁 때, 검암동 분주소에서 왔단 사람이 총들고 와서 잡어 갔어."
"왜? 무슨 이유로 잡어 갔는디?"

"나도 몰라. 그냥 잡어 갔어. 무슨 악질반동분자라고 씨부렁거리드만."

"그랬어? 이놈의 새끼들! 거그는 완산 군이라 즈그 관할도 아닌디, 멋대로 사람을 잡어가? 어떤 놈의 새낀가. 내, 이놈 개새끼를 그냥!"

얼굴이 하얗게 창백해진 범생이 삼촌이 어디론가 전화를 한다.

"상훈아 -가자!"

회전의자 뒤쪽 옷걸이에 걸린 권총을 허리에 찬다.

"삼촌, 어디로 가?"

뜨악한 얼굴로 상훈이 묻는다.

"어디는 어디여, 검암동 분주소로 가자."

광택이 번쩍거리는 긴 가죽장화발로 성큼성큼 앞장을 선다.

왜정 때 학병을 피하여 황토배기 재배기마을 상훈의집에 숨어 지내던 범생이 삼촌이 아니다.

어두컴컴한 골방에 숨어 붉은 서적만 읽던, 마른북어처럼 삐쩍 말라 허깨비 같은 범생이 삼촌이 아니다.

광복과 함께 자취를 감추고 몇 해 동안을 어디서 무엇을 하고 지냈는지 모르지만, 스탈린 옷 같은 제복 비슷한 옷을 입고 허리엔 권총을 찬다.

머리엔 〈도리모지〉같은 모자를 눌러쓴 모습이 제법 몸에 익어 의연하고 당당한 기세가 풍겨 나왔다.

꾀죄죄하게 옹색하고 왜소한 검암동 분주소에 당도한다. 문 앞에 선 보초에게 거수경례를 받은 범생이 삼촌이, 상훈을 밖에서 기다리라 세워놓고 분주소 안으로 들어간다.

어제 상훈아버지를 따라 온 과수원집사가 나타난다. 상훈은 무척 반갑다.

"아저씨, 우리 아부지 어떻게 되얏대요?"
집사에게 대뜸 묻는다. 분주소 앞에서 꼬박 밤을 새우고 아직 아침 식사도 못한 듯 집사의 행색이 후줄근하니 꺼칠하다.

"어떻게 돌아가는 심판인지 나도 모르겄다. 이놈들이 나는 들어오지도 못하게 혀서, 밖에서 꼴깍 밤 새웠어야!"

"그런디, 어제 밤늦게 어르신 비명소리 같은 게 감감하게 몇 차례 들렸었는디, 어떠케 된 속판인가 알 수가 없다. 속이 터져 환장허겄다."

집사의 말에 의하면 어제 밤에 상훈 아버지가 고문을 받은 것이 분명한 것 같다. 상훈은 몸이 떨리고 마음이 안타깝다.

"그렁게, 아저씨. 우리 아부지를 왜 데려왔데유?"

"그건 나도 잘 모르것는디, 내가 이 동네사람 헌티 들었는디, 어제 어르신을 잡어 온 그놈이 글쎄, 그 과수원 뒷문 길 건너편 신작로 가에 살다 죽은 과부 있잖여. 그 예펜네 친정동생이랴!"
"그렁께, 그놈이 즈그 누님 죽은 억하심정으로다가 복수를 헌다고 누구한티 그럼서, 북북 이를 갈더랴 글씨, 그놈은 이 동네서 아주 내놓은 잡배라고 허드라고."

한 삼십분쯤 지났을까 범생이 삼촌이 상훈부친을 부축하여 데리고 나온다. 어디를 얼마나 맞았는지 걸음을 뗄 수 없을 정도로 몸을 가누지 못한다.

집사가 빌려온 리어카에 상훈부친을 태우고 가기로 하였다. 삼촌은 바쁜 사무가 있어 빨리 들어가 봐야겠다며 상훈에게,
"상훈아. 할머니랑 형수씨에게 안부 말씀 꼭 드려라. 과히 염려허시지 마시라고, 그리고 시간 나는 대로 내가 한번 들르 것이라고."

인사를 하고 돌아서려는 삼촌에게 상훈이 물어본다.
"삼촌, 고마워. 근디 어떻게 아버질 빼내 왔댜?"

"응, 저기 전주시당인민위원장한티 부탁을 혔거든, 인제 다시는 그런 일 없을 것인게 걱정 말고 아버지 잘 모시고 가거라. 안부 말씀 잘 드리고!"

"성님, 고생 많이 허셨네요. 그럼 몸조리 잘 허시고 편히 가세요."
범생이 삼촌은 허리를 굽혀 상훈부친에게 작별인사를 한다.

"어이! 자네가 애썼네 그려. 고마우이."
갈라진 목소리로 상훈아버지가 답례를 한다.

분주소 앞에서 상훈과 헤어져 씽씽 걸어가는 그 머저리 같던 범생이 삼촌이, 그렇게 의젓하고 커 보이기는 처음이었다.

삼촌이 가고난 뒤에 어디선가 상훈부친을 잡아간 그 땅딸막한 남자가 나타났다. 상훈부친을 독기가 가득 서린 눈으로 쏘아본다.

"씨발, 좆같이 해필이먼 이때 그 씨발 놈이 쫓아와 남의 일을 망쳐놔 뿌

려! 쪼깨만 더 있었으먼 저, 씨발 놈을 내가 까버릴 판인디."

　까만 낯바닥을 우거지상으로 찌푸리더니, 찍-, 하고 이빨 새로 침을 뱉는다.

　"저, 새끼는 내가 꼭, 쥑여 버릴라고 작정을 혔는디, 씨발 좆같이 틀려 먹었고 만, 에이! 재수 옴 붙었어."
　악담을 퍼붓고는 분주소문을 쾅-, 닫고 안으로 들어가 버린다.

　상훈이 집사와 함께 아버지를 태운 리어카를 밀고 신방죽거리 고개를 넘어 공동산 옆길을 지난다.

　우거진 솔밭 옆길을 지날 때, 지난여름 하영과 속삭이던 생각이 떠올라, 소식 없는 하영이 무척 보고 싶다. 산새 우는소리는 지금도 들린다.

　상훈아버지를 맞은 상훈할머니는 아들이 살아온 반가움에 명주수건으로 눈물을 찍어내며,

　"업본 기여! 업보여, 계집질 헌 업보를 받은 거여, 아이고 관세음보살 나무아미타불."

　이 빠져 합죽한 입으로 연신 부처님을 찾으며 뒤울안 정안수 떠놓은 석류나무 아래로 간다.

　상훈부친의 잠시 외도로 인하여 한 여인의 목숨을 앗아갔고, 두 집안이 불구대천의 원수가 되었으며, 숱한 사람들의 가슴에 상처를 담아줬다.

　상훈부친 본인도 생명의 위험에 이르렀었고, 모진 고문과 수모를 당하였다.

더구나 이번 일로 두 집안의 악감정은 더 더욱 고조된다.

몰매 맞은 데는 똥물이 그만이라고 하여 손으로 코를 막고 마시는 상훈 부친은 공동변소에서 삭혀온 똥물을 마실 적마다,

"이놈의 강가 놈들, 어디 두고 봐라. 느놈들 내가 요절을 내버릴 텅게."
이토록 이를 가는 아버지를 보는 상훈의 심정은 참으로 난감하다.

21

- 능소화 읽기 -

태초의 말씀은
하늘로 날아오르고

불가佛家는 저승에 내려
솔가를 하였네.

그 사이
능소화는 무심코 바다를 읽었어.

9월28일 전주시 수복하는 날,

북으로 북으로 공산당과 인민군이 밤새워 도망을 친다. 쌕쌕거리는 비행기가 무서워 밤으로만 도망을 간다.

17번국도 신작로 자갈길 양편으로 걸어서 간다, 피 묻은 붕대로 얼굴과 머리와 팔다리를 싸맨 놈, 다리를 절룩이는 놈들이 비틀거리며 간다.

성한 놈은 하나도 없다. 어쩌다 큰 별을 단 군관이 피투성이군인을 뒤에 싣고 달달거리는 찝차에 얹혀 간다.

조국을 해방시키겠다며 당당하게 내려오던 그 기세는 어디로 가고, 서리 맞은 구렁이같이 기어서간다. 폭격에 모두 부서졌는지 트럭한대가 없다.

아침나절 국군과 유엔군이 들어왔다.

천지를 진동하는 탱크의 캐터필러소리 위에 올라앉은 까맣고 하얀 미군 병사와, 껌도 없어 못 던져주는 국군이 트럭에 매달려 올라간다.

철모위장망에 꽂힌 코스모스가 한들거리며 웃고 간다.

동냥아치 같은 패잔병 떼를 뒤쫓아 가는가보다. 구월하늘을 찢는 전투기 편대가 북으로 따라간다.

길가엔 왜놈에게 해방되던 날보다 훨씬 더 많은 태극기 물결이 환한 웃음을 붉혔다.

무기한방학에 하릴없어지고 더구나 하영이 소식마저 감감하다. 맥이 풀린 상훈이 동네를 쏘다니다가 형무소 앞에 이르렀다.

항상 굳게 닫혀있는 형무소 큰대문과 중문이 활짝 열려 있다. 무슨 일인가 호기심이 생겨 들어가 본다.

주검이 산처럼 쌓여있다. 형무소 구석구석 죽음이 가득 차 철철 넘친다.

수무 닷 발 넘게 깊은 벽돌공장 우물 속과 기와 굴에, 차곡차곡 젓갈을 담갔다. 기와건조장 바닥에도 무더기무더기 사람의 시체가 널려있다.

작업과 창고와, 선반공장과, 식당마다 여죄수 감방까지 뿔팽이로 찍고, 낫으로 치고, 죽창으로 찔러서,

총 한방 쏘지 않고 손으로 죽인 소름끼치도록 처참한 이 모습.

아, 이건 꿈이 아니다.
정녕 꿈이 아닌 게다.

죽인자도 죽은 자도 사람이 아니었다. 이것이 동포라더냐? 같은 피를 나눈 배달민족이라더냐?

남북이 무엇이고 사상이 무엇이기에, 저리 널브러진 주검 앞에 스스로 인간이기를 거부한, 저 참혹함을 과연 무엇으로 설명할 수 있단 말인가?

오 – 하늘이시여. 너와 나 도시 누구의 원죄입니까?

공산당은 형무소 큰 대문, 중문지나 마지막 안문까지 활짝 열어놓고 도망을 쳤다.

드넓은 광장에 따가운 구월 햇살이 내려 꽂혀, 잔모래만 반짝거릴 뿐 개미새끼 한 마리 없이 교교하다. 여자감방 은행나무도 숨을 죽이고 서있다.

형무소 온 천지가 주검으로 적막한 대낮, 운동장 한가운데 중년여인이 주저앉아 사통가마니를 끌어안고 운다.
어미죽은 초상마당 막내딸 보다 더욱 슬프게 땅을 치며 통곡을 한다.

창고에 쌓아둔 쌀가마를 여기까진 겨우 안고 나왔는데, 허기진 몸의 기운이 다 빠져 더, 이상 가마니를 들 수 없어 우는 거란다.

조금씩 덜어서 가져가랬더니 나머지를 빼앗길까봐 폭폭해서 운단다. 저 많은 주검 앞에서도 인간의 끝없는 욕심과 이기심,

코앞에 널린 시체보다 더 무서운 인간의 생존본능과 이기심과 끝없는 탐욕, 그것이 저 주검들이 똑똑히 말해주고 있다.

22

- 노을 강 -

면벽도 없이
눈을 감자

초 가실 앞섶에
홀연히 밀려와

미치고 환장하게
가실 강으로 흐르는

네 그리움 집어삼킬
노을 강은 망각의 블랙홀.

공산당과 인민군이 쫓겨 갔다. 전주시가지 도심 일부가 미군 비행기폭격으로 불에 타고 파괴되었으나, 도시기능이 마비된 상태는 아니다.

부산피난정부나 시골 친척집으로 피난했던 공무원과 기업들이 하나 둘 돌아와 그런대로 생기를 찾아가기 시작한다.

무기한 방학이 끝난 학교는 통신망이나 방송 수단이 없는 관계로, 학생들 아름 아름의 연락방법을 통하여 등교소식을 전한다.

같은 반 친구에게 연락받은 상훈도 등교를 한다. 대여섯밖에 나오지 않은 선생들이, 와이셔츠바람으로 앉아 인공 삼개월간의 활동내력을 묻는 사상조사를 한다.

이런 세상에! 스승과 제자가 마주앉아 사상 조사를 하는 각박한 세태라니! 일이학년 어린 저것들이 그동안 무엇을 하였겠는가?

상부의 지시에 따라 하는 일인지 조사하는 선생도 담배를 꼬나물고 마땅찮은 얼굴로 시큰둥한 질문을 건성으로 묻곤 한다.

아직 질서가 잡히지 않아 정상수업은 하지 못한다. 출석도 부르지 않고 운동장과 화단에 수북한 잡초만 두어 시간 뽑고 보낸다.

상큼한 향기가 은은하게 풍기는 측백나무울타리가 늘어선 상훈이 저희집골목을 막 돌아든다.

하영네 심부름하는 계집아이가 기다리고 있다. 상훈이 반가워 바삐 걸어가서 묻는다.

"복순아! 너, 여기 으짠일이냐?"
"상훈이 학상 인자 오시능게비네. 지가 시방 모가지가 빠지게 지둘렀구만, 우리 하영이 학상 심바람 왔어라우."

곱게 접은 쪽지 하나를 건네주고는,
"그럼, 지는 이만 가볼랑게요."

말을 마친 복순이 상훈에게 꾸벅 절을 하고는 누가 볼세라, 때 절은 저고리 위에 얹은 꽁지머리를 촐싹거리며 부산하게 뛰어간다.

행여, 상훈네 식구나 일보는 사람들에게 들키지 않도록, 조심히 다녀오라며 하영이 신신당부해서 보낸 것 같다.

〈 상훈아, 그간 안녕? 무지 보고 싶다. 오늘 7시 정거장 앞 만두가게로.〉

하영의 쪽지를 읽은 상훈은 마음 저리게 궁금하던 하영을 만날 생각에 얼굴이 달아오른다. 가슴이 먹먹한 옅은 흥분에 약간 들뜬다.

어딘가로 피난하여 소식 끊긴 하영이 이 난리 통에 무사한 기별을 받아 안도의 깊은 숨을 내쉰다.

전쟁나기 전, 그들이 집안 몰래 비밀히 만나던 〈나폴리 제과점〉은 피난을 하였는지 문을 닫았다.집에서 가깝고 비교적 손님이 적어 조용한 중국집으로 장소를 정한 것 같다.

오후 7시까지 기다리기에 안달이 난 상훈이 저희 집 안방에 걸린 괘종시계를 몇 번이나 올려다본다. 일찍이 10월의 오후가 이렇게 길게 느낀 건 난생 처음이다.

중국집만두가게는 정거장 광장 앞 네거리 왼편 로터리에 있었다. 주위 건물에 비춰 폭삭 주저앉은 옛날 집이다.

낮은 지붕 끝에 '신화원'이란 색깔이 퇴색한 낡은 감판이 걸려있는 언뜻 보기엔 초라하고 을씨년스럽게 생긴 가계다.

조바심이 난 상훈이 7시가 20분이나 남은 시간에 만두가게에 도착하여 기다린다.

가게에는 기름때가 절은 앞치마를 두른 중년의 중국사람 주인 내외밖엔 손님이 아무도 없어 조용하다.

만두를 찌는지 검정솥뚜껑 위로 하얀 김만 폭폭 솟아오른다.

일곱 시가 조금 이른 시간에 흰 교복 상의를 깔끔히 차려입은 하영이 문을 열고 들어온다. 피난 갔다 온 사람답지 않게 눈부시도록 예쁘다.

태산목이나 백합꽃마냥 수려하고 화사하게 피었다. 상훈을 보자 꽃잎을 활짝 펴서 웃고 걸어온다. 상훈이 벌떡 일어나 맞는다.

"하영아- 너, 언지 집에 왔냐? 어디로 피난 갔었는디? 니, 소식이 궁금혀서 나는 죽는 줄 알었다."
하영의 작은 손을 덥석 잡고 숨 쉴 새도 없이 상훈이 묻는다.

"그렇게, 집이 온지 맷칠 되야. 느네 는 피난 않갔었지? 나도 니가 을마나 보고 싶었다고."

부끄러운 듯 얼굴을 조금 붉힌 하영이 그 크고 맑은 눈으로 다정하게 쳐다본다. 상훈을 향한 얼굴에 순정이 뚝뚝 떨어지는 눈빛이다.

"그나저나, 느네 색유창고가 폭격마저서 홀라당 다 타버렸응게 으짜면 쓴다냐? 그랑게 내가 우리 과수원 원두막이서 느네 색유창고 불타는 거 봤는디 한 사흘은 타더라!"

그가 정말 근심스런 표정을 지어 걱정한다.
"나도 잘 모르것어야. 으런덜 허시는 일잉게 그 양반들이 알어서 허시것지,

상훈이 너는 핵교 댕겨왔냐?."

"나는 오늘에사 갔었는디, 핵교가 나간 집 맹키로 썰렁 혀야, 그리서 단임 선상님만 만나보고 그냥 나왔당게로."
그가 검은 단발머리를 살래살래 흔들더니 상냥한 목소리로 학교 문제를 물어본다.

"나도 그저께부텅 핵교 댕겼당게. 우리 핵교도 썰렁헌 건 마창가지여, 운동장에 풀만 수북허다."

"오늘도 오전에 풀만 몇 주먹 뽑다 왔당게. 하여간 우리 저리로 가서 앉자서 이얘기 허자."

서로간의 안부를 대충 확인한 그들은 한쪽 구석자리, 자그만 탁자가 가운데 놓인 좌석에 마주보고 앉는다.

엽차를 들고 온 주인 아저머니에게 상훈이 음식 주문을 한다.
"아주머니 여기요. 우리 만두 쪼깨 주시기라우."

만두를 시키고 난 그는 감개무량한 듯 하영의 아름다운 얼굴을 취한 눈으로 건너다본다. 하영은 피난생활 이야기를 꺼내 놓는다.

모악산 아래 먼 친척이 사는 촌가로 피난을 갔는데, 피난생활 석 달 동안 하지감자 섞인 꽁보리밥만 먹었으며, 밤에는 모기에 물려 고생을 했단다.

지금도 모기에 물린 자국이 남았다고 검정 스커트를 걷어 빨갛게 부어오른 종아리를 보여준다. 백설같이 하얀 다리가 단무지 무처럼 날씬하다.

하영이 그 맑은 눈을 초롱초롱 반짝이며 그간의 회포를 얼마쯤 풀어놓는다.

"아까, 집이서 나옴시롱 엄마한티 잠깐 칭구 만나고 빨랑 들어온다고 혔거 덩, 늦께 드러가먼 꾸중 들응깨로 얼렁 가야 쓰것다."

아쉬운 듯 자리를 털고 일어난 그녀가,
"인자, 집이 도라왔응깨로 우리 자주 연락 허자."

만두가게를 나온 그녀가 상훈의 손을 잡아 화사한 웃음을 풀어주고는 돌아 서 손을 흔들며 간다.

못내 서운한 상훈의 눈치였으나 그들의 해후는 그렇게 다시 시작되었다.

그들의 머리위로 아직 떨어지지 않은 푸라타나스 나무 잎새가 짙푸르다.

23

- 겨울 서리꽃 -

아침 햇살 비춘 당신 눈빛인양
금강석처럼 반짝이는 하얀 서릿발

사람이 처년을 걸어서 돌에 다다라
눈을 맞춰야 서리로 내리고

천상의별을 물어온 새가 밤새 뿌려야
저렇게 서러운 눈빛이 된다.

나는 당신의 마지막
하나 남은 겨울 까치밥

뺨자위 붉은 얼굴 무서리 익어
새빨갛게 얼었습니다.

몇 달이면 끝날 줄 알았던 전쟁은 자꾸만 깊어져갔다. 시내 관공서나 은행 같은 공공기관들이 업무에 착수하고 상가점포들도 가계 문을 열었다.

피나갔던 사람들이 돌아옴에 따라 자연히 시장도 형성된다. 각 급 학교도 안정을 되찾아 다시 수업을 시작한다.

이틀이 머다 않고 개최되는 각종 궐기대회 때마다 시내 중학교학생들을 총

동원하는 관계로 원만한 수업을 제대로 할 수가 없다.

한 가지 고마운 것은 피난으로 인하여 서울의 저명한 교수와 교사들이 내려와 그 분들의 강의를 듣게 된 점이다.

궐기대회는 주로 시내중앙에 위치한 초등학교 운동장에서 개최된다.『축, 웰컴. 환영』이라고 쓴 현수막이 세워진다,

운동장에는 동원된 남녀학생들과 사회인사 몇 명을 줄지어 세운다. 머리에 하얀 띠를 두른 청년이 연단에 올라 열띤 구호를 외친다. 줄 선 대열도 주먹을 쥐고 따라서 복창을 한다.

미 공군점퍼에 소령계급장을 단 특무대장이 제일 먼저 연설을 한다. 그다음에 도지사, 도의회의장, 이런 순서로 행사가 진행된다. 만세삼창으로 끝마친 다음엔 시내가두행진을 한다.

어쩌다 꿈에 떡 얻어먹듯, 완산여중 행렬 속에서 하영의 얼굴을 잠깐 본다. 상훈을 찾아 두리번거리는 그녀가 스치고 지난다. 안타까울 뿐이다.

서해바다 위도 섬으로 피난 갔다 온 국어선생은 행렬 뒤를 따라다니며 길에 떨어진 태극기조각을 주어 품에 담는다. 하여 애국자란 별명을 얻었다.

미군이 전주시에 진주하였다. 옛날엔 범선이 들어왔다는 서문西門 다리건너 신흥학교와 숲정이비행장에 주둔한다.

저녁나절에는 웃통을 벗고 야구를 하는 소리가 남천 물위에 뚝뚝 떨어진다. 전쟁은 최전방 일선 여러 고지에서 더욱 깊어진다. 거의 일주일에 한번정도

는 전몰장병의 유골이 화물차에 실려 전주역에 도착한다.

11사단군악대와 공업학교 악대가 장송곡을 슬프게 연주한다. 흰 장갑을 낀 남학생들이 하얀 띠를 양 어께에 걸어 유골함을 든다.

느린 걸음으로 가두행진을 하여 완산동 사찰에 봉안한다.

주요 기관장들과 시내 유지어른들이 봉송행렬을 이어가고, 그 뒤를 남녀중학생들이 비장한 마음으로 조심스레 따라간다.

봉송행렬이 막 오거리에 이르렀을 때, 육군일등병이 행렬로 뛰어든다. 도지사 귀뺨을 후려친다. 옆에 있는 부녀회장과 나눈 대화 끝에 웃은 때문이다.
"이 새끼, 웃어? 야 이 개새끼야. 시방 이게 웃을 일이냐? 새파란 젊은 청춘이 나라를 위하여 싸우다 죽어 오는데."

"너는 이, 새끼야. 후방에서 웃고 자빠졌어? 쌍놈의 새끼 단박에 쏘아 쥑여 버려! 이, 개 쌍놈의 새끼."

어깨에 메었던 MI 소총을 겨눈다. 귀뺨을 얻어맞은 도지사는 눈만 끄먹거릴 뿐 한마디 말이 없다. 옆에 가던 기관장들이 군인을 말린다.

죽음을 등에 진 백병전에서 사선을 넘어온 휴가군인이다. 일등병은 분을 참지 못하고 씩씩거린다. 벌겋게 충혈 된 눈이다,

함께 싸우던 전우가 적의 흉탄에 맞아 푹푹 쓰러질 때, 피눈물을 삼킨 군인이다. 누가 감히 이 일등병의 무례를 나무랄 수 있단 말인가,
저 멀리 후생사업 나온 군대 GMC 트럭이 뿌연 먼지를 날리며 비포장도로를

달려간다.

조선마방鍾紡 방직공장 뒤 뽕나무밭 옆으로 〈엘, 나인 틴〉인가하는 미군 잠자리비행장 모퉁이에 싸낙배기 과부가 홀로 산다.

비행기 한 마리 없는 빈 비행장을 지키는 검둥이 두 놈이 휘영청 밝은 달빛에 홀렸는지 외딴집 과부를 덮친다.

밖에서 망보고 교대로 들어온 놈 까지 그놈들 거시기를, 싸낙배기 과부가 내리훑어서 윗목에 눕혀놓고, 고사동 파출소에 달려가 신고를 한다.

"저, 거시기, 내가 시방 깜둥이 두 놈을 쥑여 자빠트리고 왔응깨 어찌야 쓰까요?"

가쁜 숨을 몰아쉬고 파출소 순사에게 자초지종 이야기를 늘어놓는다. 입술이 파랗게 질린 색깔이다.

그 사건은 미군의 위상에 불리한 소문이 퍼질까 두려운 미군 측에서 쉬쉬하고 덮어버린다. 술에 물 탄 듯, 물에 물 탄 듯, 그렇게 너머 갔다.

전쟁이 날로 깊어진다. 하루에도 몇 차례씩 젊은 청년들이 시커먼 곳간차에 실려 전선으로 끌려간다.

돈과 빽 가진 놈은 요리조리 빠져나간다. 힘없고 가난한 사람만 전선으로 끌려간다.

만만하고 줄 없는 중년남자들은 길거리 아무 곳에서나 노무자로 잡혀가는 전시의 진풍경이 연출된다.

생떼 같은 목숨을 잃은 전사통지서가 안부편지마냥 날아온다. 못 먹고 허기진 속에 못 당할 일을 겪은 젊은 미망인은 오장이 홀라당 뒤집힌다. 그렇게 미친 여자가 거리마다 널렸다.

만두리 기심을 매고 나서 한 여름, 점심을 마친 어른들이 동네모정에서 쉬는 참, 머리에 하얀 풀꽃을 꽂은 젊은 소복여인이 한들한들 걸어온다.

아이들은 윗목에서 고누 두고, 아랫목엔 어르신들이 목침을 베고 단잠 든다. 여인이 위쪽에서 장기 두는 청년들에게 다가가 손을 내민다.

"씹 값 줘, 씹 값. 이따가 오머는 준다고 했잖여."

이놈이 튀고, 저놈이 난다. 땅개비 뛰듯 도망친다. 이런 세상에, 미치고 환장하고 폴짝 폴짝 뛰다 죽을 노릇이다. 저 미친년이 하필이면 이런 때 여기에 나타나다니,

며칠 전에 마을 뒤, 작은 포강 방천 가에서 저 혼자 무언가 중얼거리는 설 미친 여인을 이따가 돈 준다고 얼러서 돌림치기를 한 죄과다.

그날 저녁 혹부리 구장영감은 징을 치고, 마을이 발칵 뒤집혀진다. 머잖아 군대 간다는 구실로 멍석말림은 면한다.

그로 인하여 마을 청년들은 한 동안 동네 고샅에 그림자도 얼씬하지 못했다.

24

- 유월 전쟁이 남긴 유훈 -

싸리울 아래
호박씨 한 알 묻어놓고

그 넌출 오르다가
아래윗집 아무 쪽이나

제 맘 드는 울타리에
열려주면

이쪽 건 내 것이고
그편은 네 것이던 게

몹쓸 놈의 유월전쟁
휩쓸고 간 뒤

너는 넘이 되고
나는 남이 되었다.

시는 자기의 영혼을 베껴 쓰는 것이다.

시인 벽초碧艸선생과 아동문학가 오월梧月 선생이 과수원으로 봄나들이를 나온다.

연분홍 꽃구름으로 골짜기를 덮은 상훈네 과수원의 복사꽃이 만개한 때다.

인류 최악의 산물인 전쟁이야 깊어지든 말든, 아랑곳없이 복사꽃은 올해도 어김없이 흐드러졌다.

상훈은 또 그 밑에 쪼그리고 앉아 이유도 모르는 눈물을 흥건히 자아내고 있다.

키가 장대처럼 크고 높은 코에 목울대가 먹자두만한 벽초 시인이 우렁우렁하고 다정한 목소리로 머리를 쓰다듬으며 학교와 학년을 물어본다.

"니, 이름이 멋이냐? 어느 핵교 몇 학년이지?"
대 시인의 말씀에,
"예, 지는요. 제일중핵교 댕기는 3학년 한 상훈인디요."

"어, 그려? 삼 학년 이고만, 공부 잘 허냐?"
"뭐, 그냥 그렇고만요."
뒤통수를 긁적거리며 부끄러운 자태로 상훈이 대답한다.

"그려? 그러면 니가 가장 좋아허는 과목이 멋이냐?"
"시를 쪼끔씩 쓰는구만요."

"허어-! 니가 시를 써? 그래 을마나 써놨냐?"
의외라는 듯 눈을 크게 뜬 벽초 시인이 곁에 선 오월선생을 쳐다보며 상훈에게 묻는다.

"아, 아니요. 시랄 것도 없고, 그냥 쪼깨씩 끄적거린 것 밖에 없어라우."
당황한 상훈이 수줍어 어쩔 줄을 몰라 얼굴을 붉히며 고개를 수그린다.

"상훈아. 니, 이름이 상훈이라고 혔지? 너, 이따가 핵교 댕겨 오다가 니가 쓴

시를 나 한티 좀 가지고 오니라."

만면에 웃음 띤 벽초 시인이 대견스러운 눈으로 상훈에게 이른다.

"예? 예, 선상님이 보실만한 것이 못 되는디요."

생각지도 못한 벽초 시인의 말에 깜짝 놀라, 공연히 시 쓴다고 하였는가 싶다. 토끼마냥 동그만 눈을 끄먹거리며 그를 올려다본다.

"괜찮혀! 암시랑 않헌께 걱정 허덜 말고 쓴 걸 한번 각고 와봐."

다정한 대시인의 명령에 감격하면서도 무척 염려스런 표정이 된다. 상훈이 개미 기어가는 목소리로 "예"하고 대답한다.

복사꽃 흐드러진 과수원에서 벽초 시인을 만나게 됨에 따라 상훈의 인생행로가 결정 된다.

그 길이 그의 인생 여정의 결과로 고착화 되는 결정적인 계기를 이룬 조우였다.

그것은 운명이었다. 누구도 거역할 수 없는 거대한 무엇의 힘만이 결정하며 시행한다. 그가 피안에 이르기까지 지어진 숙명인 것이다.

이러한 숙명을 어떻게 거역 한다는 말인가? 싯다르타는 아름답고 지혜로우며, 연민의 정이 많은 아소다라, 마노다라, 구다미같은 여인들.

꽃 같은 세 왕비를 내 팽개치고 아들 라훌라를 낳은 7일 만에 처자식을 버린 채, 카필라 성 동문 쪽으로 도망간 것도 그런 숙명일거라고 생각한다.

붓다는 사람이 늙고 병들고 죽는 허무한 삶을, 무한하고 다복한 세상을 만들겠다며 마하비닛카마나〈Mabhikhamana〉의 위대한 포기를 하였다.

비록 상훈의 꿈이 붓다에 비견할 바는 아닐지라도, 그는 시로 하여금 고뇌하고 고독하며 슬픔에 젖은 인간의 영혼을 쓰다듬는 시인이 되어야겠다고 생각한다.

벽초와 같이 온 아동문학가 오월 시인은 벽초보다 키가 더 컸다. 노령산맥처럼 우뚝 솟은 그의 코가 커서 코주부란 별명을 가진 시인이다.

오월五月은 푸르다. 어린이도 푸르다. 항상 어린이를 사랑하는 시인은 어린이 달 오월처럼 푸른 마음으로 동시를 짓고자, 별호를 오월이라 했다한다.

오월은 일본군 학병으로 끌려가 만주에서 복무했단다. 그 시절 만주 이야기를 할 때는 눈썹달처럼 가늘게 실눈을 감고 먼 - 회상에 잠긴다.

봄이 오면 군마(호마)를 타고 달려도 달려가도 끝없는 만주벌판에 작약 꽃이 핀다.

꽃붉은 작약 꽃만 작약 꽃만 불타듯 피어있는 아득한 지평선이 시방도 눈에 삼삼하게 잡힌다고 한다.

상훈은 마치 자기가 작약꽃 붉게 핀 아득한 북만주벌판을 호마에 올라 타고 달리는 환상에 빠져들어 설레는 가슴이 되기도 한다.

두 시인은 새 각시의 연분홍치마 같은 복사꽃이 필 때나, 청상여인이 소복을 벗어놓은 듯한 하얀 배꽃이 필 때면 나들이를 나왔다.

때로는 수줍음 타는 처녀의 볼처럼 발그레한 수밀도 복숭아가 익는 여름 날 왔다. 윗저고리를 벗어들고 와이셔츠 바람으로 나타나기도 한다.

가지가 찢어지도록 주렁주렁 열린 금촌추(이마무라) 배가 옹골지게 익어가는 가을에도 나들이를 한다.

스산하고 을씨년스러운 겨울 과수원을 빼고는 철따라 거의 한번쯤은 바람을 잡으러 과수원을 찾는다.

과수원에서 나온 그들은 언제나 시골 논둑길을 산책한다. 과수원모퉁이 끝에 붙은 작은 방죽을 지난다. 자운영 꽃과 뚝새풀 꽃이 붉게 핀 논다랑이를 걷는다.

키가 큰 벽초 시인은 먼 산을 쳐다보며 휘적휘적 걸어간다. 그 모습이 상훈의 눈에는 그렇게 품위 있고 멋져 보일 수가 없다.

아 - 시인은 걸음도 저렇게 걷는 것이구나! 마치 산이 걸어가는 것 같다.

앞서 성큼 성큼 걷는 두 시인의 뒤를 졸래졸래 따라간다. 그를 따르자면 저도 시인이 된 것 마냥 무엇인가 흐뭇하고 우쭐한 심정이 된다.

초포 들녘과 용진 냇가에 널린 나숭개, 달롱개, 질경이, 호랑이발톱 같은 풀, 나물, 새, 나무 꽃, 이름들을 자상하게 가르쳐준다.

냇가 자갈밭에 보금자리를 튼 물새알과 구렁이알까지도 일러준다. 상훈은 그냥 좋고 황홀한 기분에 들뜬다.

25

- 푸르러지고 싶은 날 -

저렇게 푸른 하늘이
네 눈으로 쏟아져 내려
가슴에 고이면

너의 영혼은 하늘보다
더 맑은 호수였으리라

오월이 푸르구나.
우리들은 사랑하여 자란다

오월은
그냥 푸르러지고 싶은 날.

전쟁을 가지고 만지작거리던 사람들이 이제 그만 싫증이 났는지, 휴전을 하자고 덥석거린다.

최전방 일선 고지에서는 한 뼘의 땅이라도 더 뺏기 위한 처참한 전투에 수많은 젊음이 죽어간다.

그래도 세월은 어김없이 흘러갔다. 학제개편으로 멀쩡하던 중학교가 고등학교와 중학교로, 6년제를 각 3년제 학교로 쪼개버렸다.

이승만은 중학교 교장 하던 사람을 청산리전투에서 공을 세운 독립군 장군의 친척이라는 단순한 이유만으로 도지사로 임명한다.

그는 자기가 근무한 학교는 인문고교로 지정하고, 인문학교인 상훈의학교는 전주의 풍토에 전혀 어울리지 않는 상업고등으로 만들어버린다.

3학년이 된 상훈이 학제개편 바람에 부득이 고등학교를 선택하여야 한다. 학생수요가 적어 정원미달이 되는 상고로 진학하긴 정말 싫다.

졸지에 상고가 된 고교는 학생 수 감소로 재정이 극도로 악화된다. 중학교 예산을 차입해야하는 지경에 이르러 부실학교가 된다.

중, 고교로 분리 되었다고는 하나, 당분간은 같은 교장 교감의 편제 하에 운영하는 학교경영 때문이다. 자연히 학생의 질량이 저하된다.

하영의 학교는 다행히 인문고와 중학으로 편제된다. 그녀는 별 어려움 없이 수월하게 진학할 수 있다.

빼앗고 뺏기는 치열한 백병전을 치루는 최전방에 비하여 후방에 소재한 전주는 안정과 질서가 차츰 회복되어 간다.

부친의 완강한 반대에도 불고하고 상훈은 열심히 시를 썼다. 책 살돈이 없는 그는 벽초 시인에게 문학서적을 빌려다 봤다.

벽초 시인의 서제에는 작은 책장 안에 시중에서 구할 수 없는 귀한 서적이 많았다. 납치되거나 월북한 문인들의 작품집도 소장되어 있다.

'책은 외출을 싫어한다'라고 쓴 글씨가 책장유리에 붙어 있다. 빌려간 제자들이 돌려주지 않은 탓이다.

상훈은 벽초 시인의 신임을 얻기 위하여 〈김기림 시론〉을 빌려다가 하룻밤을 꼬박 새워 필사하고는 반납하여서 인정을 받는다.

그는 학교문예부장으로 활동하며, 시내 남녀중학교 문예부가 합동으로 개최한 시화전에도 시를 출품한다.

그가 출품한 시의 삽화는 그림을 그리는 하영이 대개 맡아 그렸다. 몇 차례 그림대회에서 입상한 솜씨다. 시의 이미지를 잘 살려낸 삽화에 만족한다.

도시가 전쟁의 생채기를 조금씩 치유해감에 따라 그들이 아지트로 이용했던 나폴리제과점도 다시 영업을 시작한다.

정거장 앞 중국집 만두가계 신화원에서 나폴리로 자리를 옮긴다. 그들이 만나는 날은 하영이 스케치북을 가지고와 자기의 그린그림을 보여준다. 상훈은 시를 가지고 왔다.

하영은 문학에도 선천적인 소질을 가졌다. 상훈은 미술에 관한 식견이 그리 높지 않다. 서로의 작품에 격려를 하고 자기의 관점에서 토론도 벌인다.

그들은 집안 어른들의 눈치를 보느라 주기적으로는 만나지 못한다. 어쩌다 기회가 온 일요일엔 시외로 나가 데이트하는 여유를 부리기도 한다.

운명은 그들에게 관대한 아량만을 마냥 베풀지 않았다. 미공보관 콘세트 건물 전시실에서 개최된 중학생 합동시화전에서 사단이 발생한다.

하영의 그림을 관람하러 온 큰오빠에게 그들의 관계가 들통이 나고 말았다. 상훈의 시에 그녀가 그린 삽화를 본 것이다.

하영의 집안이 온통 발칵 뒤집혀졌다. 강부자의 노여움이 하늘에 닿을 만큼 극에 달한다.

"너, 이년! 오늘부터 핵교 당장 때려치워! 그, 철천지웬수 놈의 자식새끼 허고는 죽어도 만나지 말라고 애비가 입이 달토록 혔는디. 그놈, 그림을 그려?"
가쁜 숨을 몰아쉬더니 부르르 안방으로 달려간다.

"그 가새 어딧냐, 내 저년 대가리를 빡빡 깎어 골방에 쳐박어버려야 쓰것다."
훌훌 뛰며 곧장 그녀의 머리를 자르고, 놀부 제비다리 부러뜨리듯 다리를 꺾어 버릴 기세로 날뛴다. 식구들이 모두 달려들어 말린다.

그녀의 어머니가 아버지 몰래 그녀를 뒷문으로 빼돌려 피신시켜야 하는 소동이 벌어진다.

"이, 가시내야! 니가 어쩌자고 이런 사단을 피우냐? 느 아부지 불같은 성질머리를 니가 몰라서 그러냐? 이 노릇을 어쩌면 좋다냐?"

어머니가 소매 끝에서 꺼낸 명주수건으로 눈물을 찍어내며 한숨을 푹 내쉰다.

강부자의 노여움이 웬만히 삭을 때까지 하영은 피신한 친척집에서 학교를 오갔다. 갈아입을 옷가지와 도시락은 강부자 몰래 어머니가 나른다.

그 소동으로 인하여 그들의 만남은 서너 달 동안 중단 되었다. 상훈은 그 소문이 저희 집까지 알려질까 봐 마음을 졸이며 지낸다.

그는 벽초 시인 집에서 빌려보는 책만으로는 시를 알기엔 많은 부족함을 느낀다. 부친에겐 가당치않을 거라 여겼어도 용기를 내본다.

책값을 타러 안방 문 앞에서 가벼운 기침을 하고는 조심히 열고 들어간다. 그가 무릎을 꿇고 앉는다.

한 사형이 뜨악한 얼굴로 상훈을 본다.
"저- 아버지. 책값을 좀 주셔야 허것는디요."

"책값? 무신 책값? 교과서 말고 또 무신 책이 필요허냐?"
"거시기, 시집 같은 문학서적을 쪼깨 사야 혀서요."

"시집? 시집은 사서 어따 쓰게?"
"시를 좀, 써 볼 라고요."

"니가 시를 쓴다고? 아서라! 애초에 그런 거 손대는 것 아니다."
사형은 딱 잘라 말한다. 어차피 내친김이다. 상훈도 주눅 들지 않고 또렷 또렷하게 제 뜻을 이야기한다.

"그렁께, 그것이, 시가 지 적성에 맞기도 허고, 핵교 선생님들이 지가 소질도 있다고 헝게 장차 시인이 한번 되야 보고 싶어서요"

"뭐라? 시인이 되야? 에이 못난 놈!"

기가 찬 듯 한참을 뜸을 들인 아버지가 목울대로 마른침을 넘기고 나서,

"너는 법관이 되어야 쓴다. 그래서 가문을 일으켜 세워야지! 항시 거름더미 속에 파묻혀 사는 이 애비처럼 농투성이로 평생을 살 것이냐?

그 허튼소리 허덜 말고 판검사 되는 법관이 되야야 헌다. 이 애비 말 알아 듣것냐?"

상훈의 뒷덜미를 콱 누르는 다짐을 맺는다.
그래도 상훈이 고개를 빳빳이 세우고 앉아 시인이 되는 게 제 소원이라며 우긴다.

이제까진 아버지의 품위를 지켜 점잖게 타이르던 것이 틀린 걸 느낀 아버지다. 화가 치민 그는 막나가는 고함을 친다.

상훈의 부친은 유교문화와 가부장중심의 질서 속에서 살아왔다. 그는 아들이 검사나 판사가 되기를 바랐다. 자기가 당한 수모를 갚아주기를 원했다.

한데도 불고하고 엉뚱하게 시를 쓰겠다고 나서는 아들에게,
"야…… 이놈아, 시가 먼지나 알고 니가 댐벼 드는 겨? 지금 시가 먼지나 알고 지꺼리는 소리여?"

자기의 뜻에 거슬리는 아들에게 눈을 부릅뜨고 호통을 친다.

"시요? 시는 그림이고 춤이고 노래며 색이고 서예라서, 사람의 영혼을 치유하는 것이라던 디요?"

"멋이 어쩌고저쩌고 엇쪄? 그림이고 춤이고 나발이고 어떤 정신 넋 떠려진 놈이 그러고 자빠졌때? 그 개떡 같은 소리 지버쳐! 이놈아."

"그게 밥 멕여 주고 돈 나온 다냐? 시답지 않은 놈 같으니라고."

"아부지! 아, 먹고 사는 건 과수원 있응께 걱정 헐것 없지 않은 개비요? 그러고 아부지가 허라는 법관 말인디, 사램이 사램을 취조 허고 팬결허는 판검사 같은 것, 지는 죽어도 싫코 만요."

"저런, 쌌등방머리 없는 놈을 봤능가. 필시 저놈이 우리집안을 종당 망쳐머글 놈이여! 야, 이자석아."

"그 도채비 하품 허다가 이빨 빠지는 헛소리 지버치우고 허라는 법관 될 생각이나 혀, 이 보추뼈기 없는 녀석아!"

상훈부친은 핏발선 눈으로 훌훌 뛰며 고래고래 고함을 친다, 그러나 벽초 시인을 만난 이후에 상훈의 굳은 결심과 의지를 꺾을 수는 없다.

어느 날 아침, 학교 가려고 운동화를 신는 아들에게,
"너, 멋허러 핵교 가냐? 그냥 집에서 시나 쓰지? 니가 그렇게 영 애비 말을 안 들을 바에는 아덜이고 멋이고 다 소용 없응께로, 집 나가서 니 맘 대로 허고 살어! 니놈 허고 나 허고 아주 부자 인연을 끊어버리자."

말을 마친 상훈의 부친은 토방에 내려서며 캭-, 하고 가래기침을 마당에 내지른다. 아들에게 최후의 엄포를 놓는다.

상훈은 아버지가 그러려니 하고 태연히 책가방을 들고,
"아부지 핵교 다녀 오것씁니다."
모자를 벗고 고개를 숙여 인사를 한다.

"핵교를 댕겨 오든가 말던가."

　아들을 향해 툭 쏘아붙인 부친은 툇마루를 돌아 복사꽃 흐드러진 과수원으로 올라가버린다.

26

- 검붉게 우는 자운영 꽃 -

황달 같은 하루해가
징 하게 길어서
전쟁보다 더 무서운 배가 고파서

퇴비로 키우는 자운영을 뜯다가
면장 네 머슴에게 쫓기어
나물바구니 빼앗기고

도망치다 뜯겨진 무명치마
허기진
단속곳 가랑이까지 빼앗겼습니다.

논다랑이 엎어져
피를 토하며 울었습니다

피처럼 가난한 자운영 꽃이
검붉게 검붉게 피었습니다.

상훈의집에서는 하영과 비밀리에 교통하는 것을 아직은 모른다.

언제 들통 날까 조마조마한 처지에 시로 인한 아버지의 노여움까지 샀으니 불안한 날의 연속이었다.

저희 울안의 것이라며 나폴리제과소로 떡 살구를 하영이 한소쿠리나 들고 왔다. 그녀의 눈웃음같이 달콤하고 차진 맛이 입안을 감돈다.

몇 알 깨물던 상훈이 요즘 아버지와의 관계를 털어놓는다.

"그러니, 어떻게 우리아버지를 설득 허면 좋을까 도통 모르것다."
그녀를 바라보며 묻는다.

그녀가 고개를 들고 샛별 같은 눈을 한참 깜빡거린다.
"글씨, 그걸 내가 어떻게 알것냐? 허지만 우선은 상훈이 니가 시 안 쓰것다고 아버지께 말씸 드려봐."

"그러고 나서 너는 너대로 살금살금 몰래 쓰먼 될 것 아닌개벼! 설마 아버지가 거그까지 아시것냐?"

"그럼 날더러 속임수를 쓰란 말이여? 그러고 시방은 그러타 치고 이따가 대핵교 갈 때는 또 어떠케 허고?"

"아 –, 그때는 그때고. 그때 가서 알어서 헐 일이지. 시방부터 미리 걱정을 허고 앉았냐?" 톡 쏘아붙이고 나더니,

"어이구! 이 깝깝아! 중핵교 3학년짜리가. 이걸 어쩌면 조타냐! 아, 그짓말도 필요헐 때는 약이 되는 거시여! 너 참, 바보다."

"시방은 임시방패 맥이라도 히야 헐 것 아닌 개벼?"
그녀가 생글생글 웃으며 그를 놀리듯 타이른다, 그보다는 무척 어른스럽다.
"글쎄, 어쩌면 니 말이 맞을 지도 모르것다."

서리 맞은 감자 순처럼 풀이 죽은 그가 대답은 그리 하였으나, 우선은 그렇게 해서라도 아버지 노여움을 풀고 봐야겠다고 내심 작정을 한다.

27

- 과수원 -

내 건너 청산이 걸어와
출렁거리는 짙푸른 바다
초록 초록한 눈빛
수밀도 흥건히 젖은
잘 익은 여인의 염정艶精이
마음·끝에 스며든 향기
연연히 속삭이는 바람소리
상큼하고 싱싱한 사랑.

배나무와 사과나무 소독을 한차례 하려면 사흘이 꼬박 걸린다. 독일제 분무기 석대와 여자인부 6명과 소독 대를 잡을 남자 셋이 사흘을 매달린다.

소독약이 골고루 살포되려면 소독 대 잡은 사람이 가지마다 빼지 않고 착실하게 뿌려야 한다. 한 가지라도 건너뛰면 그날 소독은 허사다.

과일 나뭇잎에 검은 점이 번지는 탄저병에는 뽀르드액을 살포하고, 살충에는 유기인제농약으로 농약의 잔류성이 비교적 짧은 마라치온이나 파라치온을 살포한다,

약물이 닿지 않은 곳에서 겹무늬썩음병이 삽시간에 온 과수원으로 퍼지기 때문이다.

방학을 맞은 상훈이 과수원에 올라가 소독 대를 잡는다. 앞에서 이끌고 나가야 한다.

그래야 일꾼들이 건너뛰거나 게으름을 피우지 못한다. 소독대 끝에 퍼지는 포말에 일곱 색깔 무지개가 핀다.

저 녀석이 왜 저리 안하던 짓을 할까? 흥, 제까짓 놈이 그런다고 내가 저 하자는 대로 눈감아줄 것 같으냐?

어림 반 푼어치도 없다. 이놈아! 그리 달갑지 않은 아버지의 눈치다.

사흘간의 소독을 마친 상훈이 소독약을 둘러쓴 몸을 말끔하게 씻었다. 저녁 밥상머리에 앉아 말씀을 드린다.

"아버지. 저, 거시기. 아버지 말씸 대로 시 쓰는 것 그만 작파 허것씁니다. 그렇게 인자 과히 심려 허시지 마시기라우."

눈을 화등잔만 하게 크게 뜬 아버지가 놀란 표정이 되어 입에 들어가던 밥숟갈을 내려놓고는.

"너, 시방 머시라고 힛냐? 머? 시를 안 쓰것다고? 암만, 그려야지, 그려야 이 한사형의 자식이지! 너 맘 잘 먹었다. 인자부터 법관 될 생각이나 가저야 쓴다. 암 그러고말고, 흠, 흠."

그러나 그것은 아버지의 기대가 허무하게 무너지는 커다란 실수였다.

다음날 아침, 아들에게서 자기의 기대에 부응하는 확답을 받은 한 사형의 입가에 흡족한 미소가 흐른다. 마음이 느긋해진 그가 아들을 부른다.

무슨 일인가 싶어 궁금한 상훈이 토방에 올라 안방에 대고 왔음을 고한다.
"아버지. 저를 찾으셨담 서요."

"오오냐. 애비가 헐말이 있어서 너 보자고 불렀다. 잠깐 여그 안방으로 들어오니라."

어제 살포한 소독이 잘못되어 그런지, 영문을 몰라 어리둥절한 상훈이 안방 미닫이문을 조심히 열고 들어간다.

"거그 좀, 안 꺼라."
아버지 말씨가 따뜻하다. 그가 무릎을 꿇고 앉으며 묻는다.
"무신 말씸이시간디요? 뭐, 어지 소독헌 것이 잘못 되얏어라우?"

"아, 아니다. 소독은 무신 놈의 소독. 너 오늘 시내 나가 지야? 요새 너 용돈이 궁허지? 궁헐 것이여! 내가 니놈 미워서 용돈 줘어 준지가 솔찮이 오래 되았응게."

사형이 아랫목 위에 붙은 벽장문을 열고 자그만 금괴를 꺼낸다. 벽장문에는 자그맣게 난초그림이 그려졌다. 넉넉한 액수의 돈을 준다.

"무신 용돈을 이러코롬 많이 주신당가요. 고맙습니다. 애껴서 잘 쓰께요. 그러고 저 오늘 시내 안 나갈랑고만요."

"왜? 멋 땀시?"
의외라는 듯 건거초름한 눈으로 아들을 본다.

"저, 거시기. 저번 날 동상면에서 싣고 온 잡목바지랑대로 능금나무랑 배나무 쳐진 가지 바침대도 괴야야 쓰것고."

"조지루(장십랑) 기스(상처)난 것 둥개도 잡어야 허것능디, 그리서 한 이틀 혀 놓고 나갈라고요."

아버지 몰래 시를 쓰려면 내친김에 아주 확실하게 점수를 따 놓아야한다. 사형의 비위에 착 감기는 소리를 넉살좋게 늘어놓는다.

"허어! 우리 상훈이 이제 철 들어가능가부네! 야 -, 너 아니래도 일꾼들 한티 허라고 시키면 된께로 너는 그냥 시내 나가서 놀지 그러냐?"

은근히 속으로는 느긋해진 사형이 못 이기는 척 능청스레 말려본다.

"아니라우, 갠찬허당게요. 그것 다 히 놓고 시내 나가도 되능고만요. 노는 거야 맨날 노는 디요. 멀."

과일이 익어감에 무거운 가지가 찢어지는 걸 Y자 받침목으로 받쳐주어야 한다.

자기가 맘먹은 대로 이뤄진 점에 만족감을 즐기는 아버지의 마음을 상훈이 읽는다. 오히려 그는 제 의도된 계획을 감추기 위하여 힘든 노역을 감수하기로 마음을 다진다.

전쟁은 막바지고개를 치닫고 있는 것 같다. 전쟁에 실증을 느낀 본국의 국민들 원성에 휴전을 위한 테이블에 마주앉는다.

한국을 뺀 북과 남측이 서로가 유리한 휴전의 조건을 잡기 위한 지루한 협상을 한다.

최전방 전투지역에서는 더욱 치열하다. 한 치의 땅이라도 더 점령하기 위한 전투가 마지막 악을 쓴다. 핏발선 눈을 부릅뜬다.

강원도 중부전선, 김화, 철원을 거치면 서울까지 위협할 수 있는 저격능선과 백마, 낙타, 수도고지 같은 철의 삼각지대와,

북의 평강평야를 지나 원산까지도 진격하기 유리한 고지쟁탈 백병전이 하루에도 몇 차례씩 벌어진다.

총탄이 날고, 수류탄이 터진다. 총검과 야전삽으로 치고 박고 찌른다. 맞붙어 피 튀기는 백병전을 치른다.

야포가 불을 뿜는다. 탱크의 포신도 뜨겁게 달아오른다. 전폭기의 융단폭격이 내리 쏟는다.

고지하나 점령하려고 27번 빼앗기고, 28번 탈취하는 전투를 벌인다. 무수한 젊음이 스러진다.

치열한 일선의 전투에 따라서 전주정거장엔 하루가 머다 하고 유골함이 도착한다. 취주악대의 슬픈 장송곡에 발을 맞춘 학생들이 봉송하는 횟수가 잦아진다.

3년여 동안 수많은 인명과 재산손실과 이산가족을 만든 전쟁이, 1953년 7월 27일에 마침내 휴전이 된다. 그 후에도 얼마간은 전사자유골함이 내려와 쓰라린 가슴을 안겨줬다.

　아버지 한 사형의 마음을 단단히 묶어놓은 상훈이 오랜만에 나폴리에 얼굴을 내민다. 팔과 얼굴이 7월 땡볕에 검붉게 그을렸다.

　"어머! 저걸, 어쩐 디야! 과수원 일 헌다고 벌겋게 탔네! 저런 쉰 팔뚝에 물집도 잽혔고만, 괜찮냐? 쓰라리고 아프지는 않혀? 약은 발랐어?"

　제 몸이 땡볕에 그을려서 아픈 것만큼 하영의 마음이 쓰리고 애처롭다. 벌겋게 그을린 상훈의 팔을 잡고 가만히 쓰다듬는다.

　단팥빵을 날라 온 제과점 아가씨가 빈 쟁반을 들고 카운터로 돌아가며 아이들 노는 짓이 귀여운 듯 배시시 웃는다.

　시화전 사단으로 집안의 감시가 더욱 심해진 하영은 등하교 외에는 외출을 거의 규제 당한다. 지금도 친구에게 잠깐 다녀온다고 나왔다. 거짓이 들키지 않으려면 친구와 입을 맞춰야한다.

　상훈도 조심스럽다. 또한 상급학교시험공부 때문에 만나는 시간을 내기가 무척 어려워졌다.

　"하영아. 느 집에서는 너, 그림 그리는 걸 머라고 안 허시냐?"
　"아니, 암말도 안 허셔. 우리아버지도 동경유학시절에 그림 그리셨다는 디?"

　"헌디, 우리아버지는 왜 그려쌓는지 모르것다."

그가 깊은 한숨을 푹 내쉰다.

"그렁께, 내가 저번 때 머라고 말혀대, 그냥 아버님 모르게 살살 쓰랑게.그러네."
또랑또랑하게 눈을 올려 뜬 그녀가 가르치듯 타이른다.

"글쎄, 아무래도 그런 도리밖엔 없을랑가보다."

풀죽은 그가 힘없이 대답한다. 그녀를 건다본 그가 무언가 말을 할듯할듯하
다가 도로 삼키고 머뭇거리는 그녀에게,

"멋이 간디 그러냐? 그냥 말을 혀봐. 무신 일인가 아, 말을 혀야 알지."
그는 무척 궁금한 눈치로 재촉한다. 한참을 우물쭈물하던 그녀가 어렵게 입
을 연다.

"저어, 머시냐. 그렁게 그것이 머냐 먼, 거시기 말여, 그놈의 시화전 땜시 어떠
코롬 단속을 심허게 혀쌓는지 빠져나오기도 심들고, 핵교 시험공부도 혀야 허
것고, 긍께로 우리 고등핵교 시험 끝날 때까지만 꾹 참기로 허면 어떠컷냐?"

마치 커다란 어려움을 풀어놓은 양 그녀가 속에 담아두었던 이야기를 조곤
조곤 꺼내어 상훈의 의중을 묻는다.

"허긴, 나도 우리아버지 눈치가 요새 요상허기는 혀, 그런디 저번 날은 뜸금
없이 니 이예기를 끄내드라고. 요새는 안 만나냐고,

그리서 내가 펄쩍 뜀시롱 아버지는 참 그때가 언진디 언지쩍 말씀을 허시냐
고, 시치미를 뚝 잡어 띠어 부렸지 머."
"그러자. 그렇게 니 말대로 허기로 허자.

무척 서운하고 허전하고 아쉬운들 어쩌겠는가, 사정 형편이 그러한 걸.

그들 두 사람은 그렇게 익어가는 그해가을을 정리하고 헤어진다.

뉘 집에선가 고구마 찌는 냄새가 약간 탄내와 섞여 뉘엿뉘엿한 석양빛에 풀어져 흩어진다.

저 만치 골목 모퉁이를 돌다 돌아선 그녀가 작별을 흔드는 손끝에 노을이 곱게 물든다.

.

28

– 하늘아래 첫 소나무 –

산으로 점지되어 억 만 해 잡순
겨울 지리산

온갖 별난 바람 죄 맞고 자랐어도
시방 저 지랄이 무슨 개지랄이더냐

피와 살이 같은 배달민족
한 겨레 동족이라며

같은 눈 코 입 달린 여인과
같은 말로 사랑을 한다며.

차마 눈 시려
하늘아래

첫 소나무
한그루 심었습니다.

진눈깨비 휘몰아치고
귀신도 못 오시는 캄캄한 밤

맨흙 토방에 신발 터는 소리
거기 애비냐?

전쟁은 인간을 최악의 수렁에 쑤셔 박았으나 그런대도 시간은 갔다. 시간이란 우주의 자연현상에 의하여 변화되는 나름의 흐름을 인간들이 만들어낸 전쟁만큼 무서운 속박중의 하나다.

시간은 가는 것도 오는 것도 아니며, 그냥 거기 존재하는 것이다. 그런 걸 인간은 공연히 세월이며 년, 월, 일 시, 분, 초, 단위를 자기 맘대로 눈금을 그어 나누어놓은 개념의 구속이다.

사람이 시간이란 개념의 구속 없이 살 수 있다면 사는 게 얼마나 개운할 것인가.

이론물리학자 카롤로 로벨리의 〈시간의 질서The Order Of Tim Lodine del tempo〉를 그래서 이중원은〈시간은 흐르지 않는다.〉고 한다. 이중원 옮김에서 우주 본래의 원초적 시간에는 순서나 질서 그리고 흐름이 없다고 했다.

시간은 어디에서나 균일하게 흐르지 않는다. 미세하지만 낮은 평지보다 높은 산에서 시간은 더 빨리 흐른단다.

지구 등, 모든 물체는 자기 주위의 시간을 더디게 만든다. 산이 평지보다 지구중심에서 더 떨어져있기 때문이다.

시간은 질량뿐만 아니라 속도 때문에도 늦춰진다는 게다. 같은 장소에서의 시간도 하나만 존재하지 않는다고 한다.

우주에서는 '진짜' 시간은 없고 상대적 변화하는 시간이 있을 뿐이란다.

그러므로 우리의 '현재'는 우주전체에 적용되지 않아 우리 가까이 있는 거품으로 생각하란다.

그리하여 시간은 단지 물질이 만들어내는 사건과의 관계이며 이 관계들이 동적인 구조에 나타나는 양상에 불과하단다.

그래서 '시간은 흐르지 않는다.'고 한다.

생로병사를 다스려보겠다고 깨달음을 얻기 위해 모진 고난과 죽음에 이른 붓다와 예수의 피나는 희생이 과연 인간구원에 얼마나 도움이 되었을까?

그것은 그들이 시간이란 걸 올바르게 인식하지 않은 때문이다. 태초부터 시간은 거기 존재하는 우주의 섭리를 이해하지 못한 원인의 소치다.

그러나 현세의 우리는 그 시간에 얽매어 행동한다. 그런 세월이 3년을 흘렀다. 전쟁 나던 1950년 여름만큼 더운 53년7월에 휴전협정이 조인된다.

몇 인간의 몹쓸 욕망으로 인한 전쟁에 인구 3천만의 일할이 넘는 수백만의 목숨을 앗아갔다. 무수한 이산가족과 전쟁고아들이 길에 널렸다.

수자로 따질 수 없는 재산손실과 상실된 인간의 신뢰가 무너졌다. 피눈물로 찢어진 가슴들을 안겨주고 겨우 전투만 그쳤다.

가을이 찾아왔다. 과수원엔 세상물정이야 아랑곳없이 탐스럽게 익은 능금과 배가 주렁주렁 열렸다. 세월이란 게 그렇게 무심히 갔다.

초등시절부터 고등학교진학 할 무렵까지 상훈, 하영 그들은 사랑한다는 표현을 내색하지 않았다. 그저 빙긋이 웃음으로 믿음과 사랑을 가름 한다.

그러기에 두 집안이 눈을 부릅뜨고 막을수록 그들 가슴 속에서 활화산처럼 애정이 솟구쳐 올라 더욱 용솟음친다.

우연을 넘은 필연적인 자연의 순리였다. 그 믿음과 사랑으로 입학시험 때 까지 인고하는 힘이 잠재토록 조장해주는 원천인 게다.

29

- 부질없음에 대하여 -

비루먹은 똥개도 안 물어 갈 헛된 공명심에 들떠

하찮은 감투 언저리를 덤벙덤벙 기웃거려도 봤다

때깔 고운 여인을 만나면 개침을 질질 흘려 서성거렸다

어정쩡한 글 나부랭이 몇 자 끼적거려놓고

제법 그럴싸할 거라고 같잖은 시건방을 떨었다

저승 문 가까이 이르러서야 뉘우침 눈 감아 뜨니

무엇을 살았는가, 이승에 그림자 한 뼘 남기지 못할 목숨

개꿈마냥 헛바람에 사라져 잊혀 질 것을

그까짓 모든 게 솔바람소리 아스러지는 밤

부질없음 그 조차 부질없다.

벽초 시인의 집은 전주시의 동쪽 변두리 송죽산 아랫마을에 있다. 마을 앞으로는 자그만 시냇물이 해맑은 소리로 돌돌돌 흐른다.

마을 뒤에는 가벼운 바람에도 사각 사각 사운 대는 울울한 대숲이 둘러쳐졌다.

대나무 숲 위엔 아름드리 소나무가 울창하여 솔바람소리 따라 향긋한 솔방울냄새가 간간이 실려 오는 늘 푸른 색깔의 동네 초입에 있다. 그리 높지 않게

솟을대문흉내를 낸 문을 들어서면 ㄴ자로 앉은 한옥이 두 채 나온다.

남향으로 기와 얹은 4칸 전후퇴겹집 안채와, 대문간에 붙은 사랑채 남쪽 방이 시인의 서재 겸 거실이다.

언제나 집에서는 댓님치고 조끼 입은 한복차림의 시인이 자기 코만큼 커다란 파이프를 물고 작은 탁자 앞에 정좌하고 있다. 유리창이 달린 그 방 미닫이 문을 열고 들어서면 향긋한 여송연냄새가 손님을 맞이한다.

안채 앞의 어린애 볼기짝만한 화단에는 그가 좋아하는 목련, 후박나무, 태산목이 우뚝 서있고, 시누대나무, 동백나무며, 이름도 모르는 나무들과 갖은 화초들이 빽빽하게 들어찼다.

좁은 마당엔 코끼리 귀처럼 늘어진 파초이파리가 긴 긴 여름을 부채질하고 있으며, 그토록 시인이 사랑하는 난초는 화분에 따로 심어 관리하는 것 같았다.

한 댓 평 될까 말까한 실내는 시인이 앉은 뒷면 벽에 산이 그려진 시인의 시화詩畵 한 점이 걸려있다. 그 밑으로 아담한 책장하나 놓여있을 뿐 단출한 거실이다.

〈책은 외출을 싫어한다〉라고 쓴 쪽지가 유리문에 붙은 자그만 책장 안에는 서점이나 시중에서 구해 볼 수 없는 귀중한 책들이 많았다.

전쟁 통에 북으로 납북되었거나 월북한 문인들 임화, 정지용, 오장환, 백석, 김기림, 파인, 이용악 같은 문인들의 서적이 소장되어 눈이 번쩍 뜨였다.
친지나 제자들이 빌려간 책을 얼마나 되돌려주지 않았으면 저런 글귀를 책장 문에 붙이셨을까, 공연히 민망하여 빌려달란 청을 할 수가 없다.

상훈이 어렵사리 〈김기림의 시론〉을 빌려다가 밤을 꼬박 새우며 필사를 했다. 시인에게 신용을 지키기 위한 그의 도리였을 게다.

하룻밤을 새워 필사하였다는 걸 들은 시인이 그를 자상스러운 눈으로 한참을 그윽이 보더니,
"상훈아 -."
하고 그가 묵직하게 부른다.

"예, 선생님."
"너, 죽을 때까지 시 쓸래?"

그의 우렁우렁한 목소리가 약간 젖은 듯 낮게 깔린다. 엉뚱한 질문이다. 느닷없는 물음에 당황한다. 잠깐 생각에 잠긴 상훈이 기운차게 대답한다.

"예, 선생님 죽을 때까지 쓰것습니다."
동그랗게 눈을 뜬 그가 비장한 음성으로 대답을 한다.

"너, 참말로 죽을 때 꺼정 쓸 꺼여?"
재차 다짐하여 묻는다.

"예, 정말로 죽을 때 꺼정 쓰것습니다."
결심이 굳게 뭉쳐진 상훈의 눈이 스승의 얼굴을 올려다본다.

"그러먼 너, 나허고 진짜로 약속헐 수 있것냐?"
"암먼요! 선생님 헌티 약속 디리고 말고요. 선생님 말씀대로 참말로 약속을

꼭 지키것습니다."

조금 애원하는 듯 한 목맨 소리다.

"그래, 알었다. 그러타먼 너, 내년에 어느 핵교 갈래?"
그가 따지듯이 묻는다. 상급(고등)학교 진학 문제다.

"지는 제일고등핵교 갈라고 진적에 작정 혔는디요."
전주의 인문계고등학교 중에서 가장 전통과 역사가 깊은 학교다.

그가 장차 시를 공부하거나 부친의 뜻에 의하여 법학공부를 하기 위해서라
도 그 학교를 들어가야 해서다.
"아서! 말어라. 너, 거그 시험보지 말거라."

뜻밖의 말이다. 그 학교 외에는 생각해본 적이 없는 상훈이다. 깜짝 놀란 그
가 토끼눈을 뜨고 스승에게 대들듯이 묻는다.

"선생님, 왜 그러시는 디요? 멋 땀시 못 가게 허는디요? 그러먼 어디로 가라
고요?"

"음 - 공업핵교 건축과로 가거라! 거그가 돈을 제일 잘 번다더라."
생각치도 않은 말에 기가 찬 그가 조금은 볼멘소리로 퉁명스레 말한다.

"그럼, 지더러 공고로 가라고요? 건축과가 멋 허는 디 간디요? 지는 제일핵
교 말고 딴디는 한 번도 생각혀 본 일이 없는디요."
불만이 가득 섞인 항의 투로 대답하는 그에게,
"돈 있어야 시 쓴다. 돈 없으먼 시 못 써!"

그 말 한마디 뿐 이였다. 스승은 미닫이문을 드르륵 열고 툇마루로 나간다.

상훈은 허탈감과 혼란에 빠져 어리벙벙하다. 방문을 열고 마루에 서서 정원의 태산목을 멀건이 바라보는 스승이다,

곰방대만 뻐끔거리는 대시인의 초췌한 뒷모습을 본다. 그 순간 섬광처럼 번쩍하고 그의 머리를 스쳐가는 무엇인가 어렴풋이 잡힌다.

"하아! - 얼마나 어려웠으면 어린 제자에게 그리 말씀 하셨을까."
초롱초롱하던 그의 눈에 눈물이 고인다.

쥐꼬리만 한 교사 박봉으로 가정을 꾸려가고 자식들 교육만 해도 힘에 벅찬 현실이다. 거기에 경향 각지에서 전주를 찾아오는 문인들 접대를 거의 혼자 도맡는다.

시인의 명성을 찾아오는 손님이 대부분이기 때문이다. 그러니 그동안 얼마나 생활이 곤궁하였을까,

"선생님, 선생님 분부대로 공업핵교로 가것습니다."
마음을 다잡은 상훈이 벽초에게 큰절을 올리고 방을 나간다.

아들이 인문계학교가 아닌 실업계 학교로 진학하겠다는 말을 들은 한 사형이 열 길이나 훌훌 뛰었다. 그들 부자간에 또 한 번 전쟁이 시작되었다.

"네, 이놈! 니가 애비 말 안 듣고 니 맘대로 허고 살라먼 이집에서 당장 나가 이놈아 - 나가서 니놈이 허고 싶은 대로 실컷 허고 살어. 이 싹둥방머리 없는 놈아."

과수원집 마당에서 얼쩡거리는 집사와 머슴들에게,

"아, 멋들 허는 거여! 저놈 당장 쫓아내지 않고, 멋들 허고 자빠졌어!"

베고 있던 목침을 마당에 내던지며 고래고래 악을 쓴다.

"이놈의 자식. 시내에다 에미 헌티 맥겨놨더니 자식새끼 버렸고 만, 니 에미 가 그러케 허라고 갈치데? 공업핵교 가서 또드락 망치질이나 허라고?

나, 오늘 부텀 자식새끼 없는 샘치고 살랑게 그리 알고 빨랑 없어져 뿌려! 이 불효막심 헌 놈아."

보다 못한 허리 굽은 할머니가 나온다.

"애비야, 그렇게 성깔만 부리지 말고 화를 좀 가라안치거라. 그러다가 공연 히 몸 상헌다. 그렇께 거시기 머냐, 차근차근 찬찬이 구슬리서 달래야지!

안 그러면 애비 몸 축나고, 시방 저 녀석 참말로 집 나가뿌리면 어쩔라고 그러 냐? 자식이라고는 그것 하나 빼끼 없는 천하에 귀헌 내 강아지 손자 새낀디."

꼬깃꼬깃한 명주수건으로 코 눈물을 찍어내며 사형의 분노를 가라앉히려 애 를 써 본다.

"예, 예, 알엇고만요. 속도 모르는 어머니는 어서 안으로 들어가시랑께요. 야들아! 멋들 혀, 얼렁 어머니 안으로 모시잖고?"

마이동풍이다. 길길이 날뛰며 바락 바락 악을 쓰는 사형의 머리끝까지 독이 오른 저 분노는 당분간 꺾일 기세가 아니다.

사형의 노발대발은 상훈에게 인사할 겨를과 구차한 변명의 틈새도 주지 않는다. 그가 외장치는 소리만 메아리로 되돌아와서 처마 끝에 걸린다.

자갈부역으로 돌맹이가 와그르르한 시오리 신작로를 터벅터벅 걸어 시내의 물왕멀 집으로 간다. 상훈의 검정운동화에 흙먼지가 소복이 덮였다.

저간의 사정을 모르는 어머니가 그를 반긴다. 상훈의 외조모를 닮은 어머니는 언제나 조신하다.

"얼레 -, 내 새끼 오네! 그 촌구석에 처박혀서 멋허니라고 인자사 오냐? 아이고 시상으나, 내 새끼 얼골이 씨커멓게 타 뿌렸네! 할머니랑 아버지는 편찮헌디 없으시고 평안허시데?"

젖은 손을 앞치마에 닦으며 부엌에서 나온 그녀가 시골 과수원 안부를 묻는다.

"예, 할머니도 진지 잘 드시고, 모다 들 편안 허시드만요,"
말을 마친 그는 자기 방으로 들어가 읽을 책 몇 권을 주섬주섬 가방에 넣고 나온다.

뜨악한 눈으로 아들을 본 어머니가
"어디갈라고? 왜 가방은 들고 나오냐? 그녀가 묻는다.

"어머니, 지가 숙제 헐 것이 있어서 친구 집에 얼렁 댕겨올랑게 그렇게 아시기라우, 그리고 혹시 쪼깨 늦을랑가도 모르것고만요."
"그려? 그럼 싸개 댕겨 오도록 혀, 저녁밥 먹기 전에 후딱 댕겨 와야 헌다 -."

살포시 웃음 머금은 그녀의 잔잔한 얼굴이다. 보기에도 아까운 눈치다. 언제 봐도 대견스런 아들인 게다.

그녀가 당부하는 말이 채 끝나기도 전에 서둘러 집을 나선다. 그는 지금 진안 마이산 밑에 사는 막내이모네 집으로 잠수를 타러 간다.

아버지 사형과의 다툼은 그의 힘에 부친 싸움이다. 골리앗과 다윗의 전세보다 더욱 불리함을 알고 있기 때문이다.

30

-난초일기-

동천冬天은 그리운 마음에다
하얀 비행운을 그으며간다

오늘도 구절초 다녀간
가슴이 시려 참 칩다.

난초 한 잎을
눈물로 치다가

문득 여백에 서 계신
당신을 본다.

잠깐 다녀온다던 아들이 며칠이 지나도 오지 않아 마님은 혹시 거기로 갔는
가하여 과수원에 인편을 보낸다.

시내의 물왕멀 집 연락을 받은 과수원이 발칵 뒤집혀진다. 삼대독자 외아들
이 없어진 것이다.
"멋이라고? 내 강아지가 나가서 안 들어왔다고? 허-, 이런 재변이 있나. 애
비야 -, 그렇게 내가 머라고 허디야?"

"그러코롬 닦달 허지 말고 살살 달개라고 힛냐, 안 힛냐? 인자 이 노릇을 어
떻게 허먼 조타냐? 나무관세음보살!"

늙은 할머니가 찐적 찐적한 눈과 콧물을 명주수건으로 훔치고 또 훔치며 사형을 책망한다.

가쁜 숨을 몰아쉬는 사형이 물왕멀 집에 벼락같이 들이닥쳤다. 과수원에서 나간 놈이 여기에도 없으면 도대체 어디로 갔단 말인가,

자기 분을 못 이겨 씩씩거리며 한걸음에 달려왔지만 지금 사정이 이제는 그럴 형편이 아니다. 무거운 엉덩이를 마루에 얹히며 이마의 땀을 닦는다.

"과수원에서 무신 일이 있었소?"
그의 행동거지가 이상하다고 느낀 아내가 묻는다. 여자의 무서운 직감이다.

"이놈의 자식이 애비 말을 어기고 공업학교 가겠다고 하도 위겨 쌓킬래, 몇 마디 나무랬더니만 애비 배 채라고 어디로 내 빼 버렸고 만요. 싸가지 없는 자식이."

"머시, 어쩌고 어쩌요? 그러면 당신이 애를 내 쫓았고만!"
아내가 남편에게 따지고 대든다.

"내고! 내가 어쩐지 수상쩍더라니, 그렇게 그런 쪼간이 있었응께로 갸가 그렸고 만,

천둥에 개 뛰어들딧끼 집에 오덩껄로 얼렁 친구 집에 댕겨 온다고 허고는 고개를 수그려 부치고 핑-, 허니 나가뿌렀고 만 -."

"나는 그런 줄도 모르고 참말로 친구 헌티 숙제 허러 간 줄만 알엇당께. 그러먼 이 녀석이 대체 어디로 숨어버렸을 까 잉,

폭폭 허고 뛰다 죽을 일이고만, 나는 모르것응께 쫓아낸 당신이 가서 찾아 오시요."

그녀의 눈에서 시퍼런 안광이 뿜어져 나온다. 사정없이 남편을 닦달 한다.

"어라? 이 예편네가 왜 이런 디야! 생전 안 허던 짓을 허고 자빠졌네. 그란 혀도 시방 속으서 열불이 치밀어 올라오는 판인디."

지금까지 겪어보지 못한 아내의 행동에 의아해진 그가 뒤를 수그린다. 이제 까지 혼자 속으로 삭히며 인내하고 살아온 그녀가 울분의 도화선에 불을 붙이 는 계기가 된 것이다,

아들의 문제만큼은 누구도 용서를 허락할 수 없는 그녀의 성역인 게다. 그녀 가 정색을 하고 남편을 쏘아본다.

"여보, 상훈아버지. 지금부터 내가 허는 말을 똑똑히 들으시요. 내 여적껏 당신이 허자는 대로 찍소리 안 허고 벙어리 맹키로 죽은 듯이 살어 왔는디, 인 자는 더 이상 못 참 것소.

아낙네 목소리가 울 너머 가면 못 쓴다는 친정아버님 말씸 따라 내 이적지 큰소리 한 번 내지 않고 조신허게 살라고 무진 애를 썼는디,

당신 허는 짓이 혀도 혀도 너무 혀서 내 몇 말씸 디릴텅게 오늘은 암말도 허 덜 말고 들어줘야 쓰것소."

그녀는 싯퍼런 안광이 무섭게 쏟아지는 눈을 들어 남편을 뚫어지게 바라본다.

"어 얼래, 저 예편네가 왜 저려 싼다?"

생각치도 못한 그녀의 공격을 받은 사형이 기가 찬 듯 어, 어, 만 되뇔 뿐 입을 다문다. 그녀는 입이 타는지 마른침을 삼키고 다시 말을 잇는다.

"아, 애비가 되야 각고 하나밖에 없는 자식 훈육을 어떠코롬 단도리를 혔간디, 아이가 가출을 허도록 혀서 사태를 이 지경으로 맹그렀냥 말이요?"

"아, 글씨 부모랑 것이 멋허는 거시요? 자식이 샛길로 안 빠지고 바른 길을 가것다고 허먼은 그 애의 의향도 들어보고,

과히 틀린 길이 아니먼 자식 뜻에 맞게코롬 도와주고, 챙겨주고, 뒷바라지 혀주는 것이 부모가 혀야 헐 도리고 소임 아니다요?"

사형은 고개를 숙이고 험, 험, 헛기침을 한다. 그녀가 침을 꼴깍 삼키고는 다시 말을 한다,

"근디, 당신은 그 쇠가죽보다 더 찔긴 당신의 외고집만 부려각고 대관절 얼마나 쏘락대기를 질러감서 잡도리를 혔간디?

애가 가출을 허게코롬 맹그렀냥 말이요? 당신 그 지집년들 잘 후리는 입으로다가 어디 말씸 좀 혀보쇼."

이건 예전의 아내가 아니다. 평소에 그렇게 조신하고 얌전하던 아내가 아니다.

뜻밖의 저돌적인 아내의 행동에 그는 어안이 벙벙하다. 그녀와 살을 부비고 17년을 살았다. 지금까지 집안 살림 밖에 모르는 여자였다.

그런 아내가 저토록 야무지고 당돌한 여인이었던가? 저런 성품을 그녀의 어

느 곳에 간직하여 감추고 살아왔을까,

또 다른 내면의 아내 모습을 발견한 그는 새삼스럽게 내심 크게 놀란다.

"내가 아까 막시도 말 혔다시피, 내가 언지 당신 속 한 번 긁는 것 봤소?"

내가 쬐깨만 참으면 당신 속 편허고, 집안 죄용허게 살라고, 이를 앙다물고 쓰다 달다 말 한마디 안코 산 사람이여!"

"당신이 그 과수원 끄트머리 재날맹이 강가네 과부년허고 붙어가지고 별 개지랄을 다 혔어도 내가 머라고 강짜 한번 부리던 거라우?"

"그러고, 엇다 내놓고 말 허기도 챙피시런 그 일루다가 인공 때 그년 남동생 놈 헌티 금암동 분주손가 허는 디로 잽혀가서

직살 나게 뚜드러 맞고 업혀 와서, 그 거역시런 똥물까지 퍼다 맥임시롱 살려 놈서도, 암말 안 허고 그 병수발 다 헌 사람이여, 내가."

그녀의 이야기는 계속 이어진다.

"그, 웬수 놈의 강가들 헌티 당헌 수모를 복수 허고 시프먼 자기가 판, 검사가 되야 각고 허던지 말던지 헐 일이지,

왜, 허니 지 적성에 안 맞어 한사코 허기 싫다는 자식보고 어거지로 법관만 되라고 억대기를 쓰냔 말여! 쓰기럴."

"피양감사도 저 허기 싫으면 못 헌다는디, 저 허고 시픈 대로 허라고 놓아

둘 일이지, 어찌서 애가 주눅 들게 히서 어디로 도망가게 맹그렀냔 말이요."

"그라고, 어째피 말씸이 나온 말잉깨 허는 말인디, 어린 자석덜이 무신 웬수 척지고 잘못 헌 것이 있다고, 갸네 덜 끼리 사귀고 지내는 꼴을 못 보요?"

"그 악다구니를 써 감서 뜯어 말겨 쌓고, 웨장을 치고 안달이 나서 난리법 석을 떠냔 말이요. 떨기럴."

"왼 동내, 시상 사람들 헌티 추접시런 짓은 애비가 히 놓고서는 그 사단을 자기가 저질러놓고 설랑, 어찌서 맨맛헌 자식 헌티 떠 넘기냔 말여!"

"칠산 바다 뱃놈이 간디 그렇게 퍼 냉겨, 퍼 냉기기를, 갸덜이 무신 죄가 있 다고. 아 -, 자식 헌티 부끄럽지도 안 헌 갑녀?"

"사람이 말이요. 늙어감시롱 어찌서 그러케도 자기반성을 쬐꼼도 헐지를 모 르냔 말이여, 내 말은."

"당신도 지명에 살다가 곱게 저승길 갈라 먼 오입질 허는 그 못쓸 버릇 놔야 혀, 그 머시냐, 과부 년이 목매달아죽은지가 얼마나 되얏다고, 그새 또, 배미실 사는 명자란 가시내 건드렀담 서요?"

"내가 여그 안것써도 과수원 소식 뻔히 듣는다고요. 그것뿐이 것어? 당신 손 버르장머리가 과수원 일허러 댕기는 가시내 몇 년이나 조자구 내봤는지, 어떠케 알까만 서도,

쯧쯧. 그러코롬 예편네 가르장머리만 빠치고 댕겨 싸면 살어서 죄 받어요. 죄 받어."

"아- 글씨, 애비는 맨날 지집년 오입질만 허고 댕김시롱, 아들 보고는 여자 친구도 못 만나게 허는 뱁이 시상천지 어디에 잇습디여?"

앞집 붉은 벽돌로 쌓아올린 형무소 작업과장네 관사 굴뚝에 앉았던 비둘기 서너 마리가 견훤성 쪽으로 후르르 날아간다.

군소리 없이 듣고만 있던 사형이 그녀의 마지막 끝말을 듣더니 불에 덴 사람 마냥 용수철 튕기듯 마루에서 벌떡 일어선다.

"안 되야! 그건 안 되야! 애들 문제만큼은 절대로 안 되야! 딴 것은 내가 다 양보 혀도, 그것은 천하없어도 안 되는 뱁인께,

앞으로 누구든지 그 일에 쬐꼼이라도 토를 다는 놈은 나허고 의절 헐 랑께 그렇게덜 알어!"

건너편 정거장 기차화통 삶아먹은 소리를 내지르더니 자지러질 듯 사지를 부들부들 떨며 입술이 새파랗게 비틀어진다.

상훈의 가출로 인하여 부친으로부터는 공업학교로 진학하는 문제와 모친에 게선 하영과의 관계를 암시적으로 허락 받은 것으로 간주해도 무방할 정도로 얻은 소득이다,

분홍보다 옅은 연달래꽃 연분홍 색깔이 어렴풋이 익어가는 때깔이다.

31

- 지리산 여름 -

환인이 방사한 노고단 골짜기 물이 초롱초롱한 눈을 돌돌돌 흘기며 굴러내려 하늘을 끌어다
가 선녀탕을 지어 냅니다.

그 물빛 고운 모퉁이 안반바위에선 한 맺힌 원귀바람에 일렁거리는 촛불이 쥐어짜는 뜨거운
눈물을 촛농으로 주르르 흘립니다.

질펀한 암무당 살풀이춤과 비난수 소리와 둥둥 북소리와 징소리로 지리산 여름 골짜기가 찢
어집니다.

얼어 죽고 굶어죽고 총 맞아죽은 귀신들이 선잠에서 부스스 일어납니다.

껑충껑충 도굿대춤에 신 오른 무당이 흔들어대는 복개종소리와 고사떡, 조라 술을 버무려먹
고 마른트림을 합니다.

주먹만 한 별들이 그 어느 해 야광 탄처럼 쏟아지는 밤이면 젊은 체온들의 천막 속 개지랄의
향연이 헐떡입니다.

연리지 놀음의 가쁜 숨소리에 귀신도 숨을 죽입니다, 피아골 산골짜기가 흔들거립니다.

깊은 골짜기 사이에 산등성이를 비벼대어 뿜겨진 껄쩍지근하게 뜨거운 고로쇠나무 물을 죽
은 빨치산 발싸개로 훔칩니다.

하늘아래 첫 조선소나무가 한숨 닮은 솔바람소리를 휘이 - 내쉬더니 솔방울 눈을 부라립니다.

아직도 치안상태가 완전치 못하다. 공비가 출몰하는 산간부 경찰서나 지서와 검문소 에는 착검을 한 군인과 경찰이 섰다.

성벽처럼 높고 둥글게 돌을 쌓아 토치카를 만들어 우뚝우뚝 서있다. 양민증을 검사하는 군인과 경찰의 눈초리가 매섭다.

진안 마이산 아래 사는 이모 집에 상훈이 당도했을 때는 아직 해가 두어 발 남았을 시간이다. 이모네는 곡식 찧는 조그만 정미소를 한다,

고추 가루를 빻아주기도 하고, 목화 타는 솜틀도 갖추고 있어 손길이 무척 바쁘다. 서른 중반의 이모가 나락을 찧다가 그를 보고 깜작 반긴다.

"아이구! 상훈아, 니가 여긴 웬일이냐? 어쩐 일로 여길 다 왔어? 그래 언니랑 형부도 다 무고 허시고? 할머님도 평안하셔?"

"응, 모다 무탈 허셔. 이모 보러 놀러왔지 머, 근디 이모부님은 어디 계셔?"

"저기, 안채에 기셔. 그나저나 어찌서 이모헌티 왔능겨? 집이서 먼 일 저질렀냐? 그리서 온 거여?

느닷없이 찾아온 녀석을 수상쩍게 여긴 이모가 재차 캐묻는다.
"아, 아니. 저릴르기는 멀 저질러, 참말로 그냥 놀러 온 것이 랑게. 마이산도 보고 여그서 며칠 놀다 갈라고."

이모는 정미소 일하는 남자에게 맡기고는 머리에 쓴 수건을 벗어 저고리와 몸빼에 묻은 먼지를 탈탈 털더니 그를 안채로 데리고 간다.

고추를 빻는 기계 부속이 고장 나서 수리한다며 손에 공구를 든 이모부가 약간 벗겨진 이마를 들고 쫓아 나온다. 얼굴이 온통 환한 웃음이다.

"어서 오니라. 우리 상훈이 참 오래간만이네! 그래 집안은 다 무고하시고? 성님이랑 처형도 안녕허시지? 잘 왔다. 여그서 푹-, 쉬었다 가그라."

"여보! 내가 찬 꺼리 좀 사게 후딱 읍내 시장 좀 갔다 올 랑게, 거 돔부콩 놓고 따순 밥 좀 지어놓아! 내가 싸게 댕겨 올팅게."

이모부가 자전거를 타고 대문을 나서며 부엌에든 이모에게 상훈의 먹거리를 당부한다. 그는 속으로 조금 미안하고 고맙다.

간고등어와 간갈치구이에 무릇장아찌 같은 건건이로 잘 차린 저녁을 먹었다.

그는 이모에게 밤 마이산에 간다고 하고선 길을 나선다. 마이산 성황당 까지 오른다. 조금은 가팔라 숨차다. 저녁을 과식한 탓일 거다.

석양 비낀 마이산의 위용과 기상은 참으로 웅혼하다.

암수 두 봉우리가 마치 성숙한 여인의 젖가슴마냥 하늘로 치솟아 올랐다. 깎아지른 듯 하늘로 쳐든 모습이 말의 귀와 같아 마이산이라 했단다.

나이가 지긋한 시골 노인들은 지금도〈속금산〉이나〈솟금산〉이라고 부른다. 산 속에 백금이 들었다하고, 하늘로 솟아오른 산이라 그렇단다.

무교회주의자며 위대한 사상가요, 애국지사인 함석헌은 마이산 안에 든 백금으로 중국 땅을 모두 실 수 있다고 에언 하였다한다.

두 부부가 아이와 하늘로 오르는데 사람의 눈에 띄면 안 되는 거라, 남편은 한밤중에 가자하고, 아내는 잠 좀 자고난 새벽에 오르자 고집을 부렸다.

아랫마을 방정맞은 여편네가 새벽소피가 마려워 밖에 나와 보니 산이 하늘로 쑥쑥 오른다. 깜작 놀란 여인이 외장을 쳤다.

" 어, 어 - ! 산이 막 큰다! 산이 하늘로 올라간다아 -, 올라간다아 -."

사람에게 들켜 승천을 망쳐버린 수컷이 홧김에 아이를 뺐으며 암컷을 발로 차서 암마이산은 비스듬히 자빠진 형국이라는 이모의 마이산전설이다.

두 봉우리 사이의 돌무더기 성황당에 그가 앉는다. 하늘 끝까지 융기하여 높이 솟은 암벽의 수성암엔 신이 걸어간 발자국이 숭숭 패여 있다.

아프도록 고개를 젖혀서 올려다봐야만 하는 수봉우리 꼭대기를 쳐다볼 때 자신이 얼마나 왜소하게 작은 존재인가를 그 스스로 통감한다.

그렇다. 내 작은 미물이지만 하나의 생명체로서 저 거대하고 웅장한 세력과 견줘 이길 순 없다 해도, 그를 완숙하게 베껴내는 방법을 모색하자.

아직 어둠이 깔리지 않은 등성이에 앉아 지그시 눈을 감는다. 골똘한 상념에 잠긴다. 오직 그건 시를 쓰는 부단한 끈기밖엔 없을 거라 단정한다.

마이산은 하늘과 땅과 조물주가 빚어낸 신묘한 작품이다. 억만년 바다 속에서 깊이 잠든 땅을 신기로운 힘으로 불끈 솟아 올려, 하늘을 숨 쉬도록 만든 위대한 기백의 걸작이다.

신이 걸어간 발자국마다 조개껍질이 다닥다닥 붙어있어 그 옛날 여기가 바다였음을 증명한다.

암수 마이산 사이의 오름에 자그만 돌무더기 성황당이 있다. 거기서 남쪽 급경사로 비탈진 오솔길을 내려간다.

몇 백 개의 돌탑이 거대한 밤 사람으로 우뚝우뚝 일어나 반긴다.

조각달이 산봉우리에 걸친 마이산의 밤 정경은 그 신비로움이 가히 신의 경지다. 골짜기엔 적막이 어둠처럼 짙게 깔린다. 산새도 울지 않는다.

으스름 달빛아래 목욕하는 절세미인이다. 천길 절벽 끝에 정좌하여 삼도三道에 든 수도승 모습이다. 참선하는 고승의 머리 위에 잠긴 무아의 달밤이다.

그의 가슴이 차츰 부풀어 오른다. 형용할 수 없는 무엇인가 가득히 스며들어 벅차다. 머릿속이 한결 맑아지고, 눈앞이 점점 환해진다.

그는 조용히 무릎을 꿇고 앉는다.

그렇다. 이 성스러운 정경 앞에서 드디어 그가 가야할 길이 깨달아짐을 감지한다.

신의 계시인 게다. 제 스스로 느껴짐이 그의 전신을 찌르르 휘감아 흐른다.

하늘과 땅이 그리고 해와 달과 바람이 지어낸 이 거룩한 이치 앞에 경건히 머리를 조아린다.

조물주가 그려낸 위대한 풍광이다, 인간이 만든 그 미숙한 법이란 것으로 인간을 재단하라는 아버지의 소견이 얼마나 하찮은 일인가?

저 하늘과 땅의 오묘한 자연의 순리, 저것들을 써야한다. 인간의 영혼에 존재하는 숱한 애증을 그려내야 한다.

그로써, 상처받은 인간들에게 얼마라도 치유가 된다면, 그것이 그가 시를 써야하는 분명한 사명일 거라 생각한다.

비로소 그가 시인이 되어야 하는 이유를 찾아낸 거다.

하늘 가득 찬 마이산이 산봉우리 너머로 손바닥만 한 조각달을 넘긴다. 마이산의 밤은 더욱 짙은 어둠을 가져다 덮는다. 부엉이가 가까이서 운다.

여름소름이 돋은 그가 몸을 부르르 떨며 진저리친다. 산새 멧새는 모두 잠들었는지 교교하다. 마이산도 깊은 잠에 빠져든다.

마이산의 저녁 어둠을 지키던 시커먼 돌탑이 꾸벅꾸벅 서서 존다. 양쪽 봉우리 가랑이사이, 깊은 골짜기엔 무거운 침묵만 가득히 고인다.

밤낮을 서서 마이산을 지키는 저 돌탑들은 몰아치는 태풍에도 넘어지는 법이 없다. 숱한 여인의 음기가 서려있기 때문이다. 태풍은 양기다.

여인의 칠거지악 중에서 가장 으뜸이 생산을 못하는 거다. 아이를 못 낳는 여인들이 마이산 돌탑에게 사흘 밤 사흘 낮을 엎드려 기도를 한다.

일천 배를 드린다. 잠을 자서도 안 되고 누워서도 안 되며 쉬어서도 안 된다. 사흘 밤낮 뒤에는 기절하듯 쓸어져 혼곤한 세계로 몰입한다.

여인은 꿈인 듯, 생시 같은 황홀한 오르가즘에 든다. 서방님으로 변신한 돌탑이 안아주는 게다. 가랑이가 척척하다. 그리고 몇 달 후엔 입덧을 한다.

마이산 인근 백리 안에는 돌탑을 도싱하게 빼다 닮은 아이가 삼백이라던가, 오백이 넘는다고도 하는 전설이다. 옛날 옛적 호랭이 담배 먹을 때 이야기다.

그토록 신통력이 있고, 영험한 돌탑이 그까짓 태풍쯤으로는 결코 무너질 까닭이 아니다,

시방도 하늘로 엉덩이를 쳐들고 엎어져 돌탑에게 절을 하는 여인을 심심찮게 만난다고 한다.

　　　　　　　　　　　　　　- 19층 여름 풍장 -

　　　　　　　　　　　　　늙은 삭신이 19층 공중에 떠
　　　　　　　　　　　　　바람 끝에 시나브로 삭는다

　　　　　　　　　　　　　여름감기 같은 미세먼지 속
　　　　　　　　　　　　　새벽까치 텔레파시를 쿨럭 거리는데

　　　　　　　　　　　　　풍화된 눈썹달만 앞 건물
　　　　　　　　　　　　　안테나에 걸려 감감하다.

수마이봉 아래 은수사 절에는 650년이 넘었다는 청실배나무가 우람하게 서있다.

그 나무는 요동벌판을 수복하라고 보냈더니 위화도에서 말머리를 돌려와 임금을 치고 나라를 도둑질한 이성계 도적놈이 심은 전설이 열린 나무다.

청실배나무는 산돌배나무의 변종으로 희귀한 나무로서 은수사에만 있는 나무다. 마이산지형의 영향으로 산정을 향해 바람이 분다.

거센 회오리바람이 되어 배나무 이파리들이 서로 마찰하여 신묘한 소리를 낸다.

겨울철에는 나무 밑둥 곁에 물을 담아두면 나뭇가지 끝에 역 고드름이 생기는 현상이 나타난다. 가을엔 황색으로 익은 돌배가 누렇게 열린다.

상훈이 은수사 구경을 마치고 돌아오자 뜻밖에도 과수원 집사가 이모네 정미소에서 그를 기다리고 있다.

"아니, 아저씨! 아저씨가 어떻게 알고 여기꺼정 오셨디야?"
그는 우선 반가움에 절을 꾸벅한다.

"이 녀석아, 말도마라. 내가 너 찾으러 댕기니라고 종아리에 퇴역이 났다. 그나 저나 그동안 어디 아픈 디는 없능 겨?
집사가 상훈의 위아래를 정이 듬뿍 담긴 눈으로 훑어본다.

"아, 글씨. 너를 찾는다고 여기저기 친척집 허고, 니 친구 집으로 쫓아 댕겼어도 못 찾응께,

마님께서 여그 진안 이모네 집에 간 것 같응께 거그를 가보라고 혀서 왔잖혀."

거의 일주일정도를 헤매고 다녔다는 그가 지치고 피곤한 기색이 역력한 찌든 얼굴이다.

"이 녀석아! 아무리 그런다고 소식도 없이 이런 디로 잠적 혀 뻔지면 집에 있는 사람덜언 어떠케 허라고 그랬냐?

귀 뜸이라도 쪼깨 혀 놓고 가야지, 사램이 그러면 못 쓰는 것이여."

허파가 빠지게 쏘다닌 원망과 그를 찾은 기쁨이 섞인 푸념이다. 빛바랜 조끼

주머니에서 담배를 꺼내어 피어문다. 수척한 볼이 홀쭉하다.

"자, 싸게 집에 가더라고, 너 땜시 왼 집안이 발칵 뒤집혀서 난리판 속이다."

"과수원 조모님은 집 나간 손주생각으로 식음을 전폐허고 누워 계신당께, 집에 가게 싸게 짐 챙겨."

집사가 뭣 마려운 강아지처럼 서둘러댄다.

"그러먼 그러치! 내에고오! ㅡ. 무신 까닭이 있응께 우리 상훈이가 여그꺼정 왔것지. 내 짐작이 딱 들어 맞었고만, 내 그럴 줄 알었당께."

"집사아저씨도 ㅡ 참네. 아 ㅡ 가시드래도 점심 진지나 드시고 가셔야지요. 우리 상훈이도 시장 헐틴디."

머리에 하얀 수건을 쓰고 목화씨앗을 발라내어 소캐를 타던 이모가 발동기를 멈추고 나온다. 이모부는 마령장날이어서 출타중이다.

이모가 서둘러 차려준 점심을 들며 집사에게서 그가 잠적한 뒤 집안의 저간 사정 이야기를 대충 들었다.

그가 아버지 사형의 근황을 묻는다. 그가 집을 나간 뒤 사형이 아내에게 호되게 당한 후로 의기소침 되어 많이 수그러들었다고 집사가 일러준다.

"인자, 걱정 헐 것 없다. 느 아버지도 마님 헌티 당허고 나서 부텀 기가 팍 죽어 뿌렸다.

당분간은 큰소리 못 치실 것잉께, 니가 가고 잡은 핵교도 갈 수 있을 것 같더라. 그렁께 걱정 허덜 말고, 후딱 일나 집으로 가자."

식사를 마친 그는 섭섭해 하는 이모에게 이모부님을 못 뵙고 간다고 인사 말씀 드리라 하고선 집사를 따라나선다.

"상훈아! 니, 어려운 문제가 잘 풀렸당께 이모도 안심이 된다. 가거덩 할머님이랑 형부 언니 헌티 안부 말씸 좀 꼭 디려,

그리고 언니 보러는 나락 찧는 메가리 깐 일을 어지간히 추스르고 나먼 한번 나간다고 그려 잉 -?"

진안읍내 윗삼거리에서 전주 가는 짐 실은 화물차나 장작차를 얻어 타는 곳까지 이모가 배웅 차 따라 나왔다. 그만 들어가래도 들은 척을 않는다.

착검을 한 무장군경이 지키는 윗삼거리 토치카가 웅크린 검문소에 당도한다. 그녀가 아는 순경에게 부탁하여 장작 실은 화물차를 쉽게 얻어 탄다.

그녀가 꼬깃꼬깃 접은 돈을 조카의 손에 쥐어준다.
"미안허다. 몇 푼 되지도 안혀서 -, 그냥 차비에 보태 쓰거라."

"이모! 나, 돈 있어. 차비 있당게."
"그려! 돈 있는 종 알어. 알응께 잔소리 말고 각고 가서 용돈혀! 쬐깨라서 미안허다."
그녀는 그가 밀어낸 돈을 한사코 그의 호주머니에 넣어준다.

산처럼 높이 쌓아올린 장작더미 위에 올라탄다. 이모의 두 눈은 어느덧 흐려

진다. 뒷둥거리며 떠나는 장작차가 멀어질 때까지 서서 손을 흔든다.

장작 위에는 조달이물 들인 시보리 점퍼의 청년과, 붉은 치마를 입은 새 각시, 당꼬즈봉의 사내가 타고,

곰방대 늙은이, 댕기머리처녀, 모두가 한 타령으로 올라앉아 떨어지지 않도록 장작다발을 꼭 붙들어 잡아야한다.

휴전협정으로 전투는 멈췄으나 전쟁이 남긴 생채기는 너무 크고 깊었다. 일상생활이 제대로 돌아가는 것이 하나도 없다.

전기사정이 어려웠다. 특선과 일반 선으로 나뉘어져 전기를 송전하였다. 공장, 관공서 은행 같은 기업체 그리고 특수층에만 공급된다.

특선이라는 것도 하루에 수십 차례 들락거리는 형편이니 일반 선은 더욱 여려운 실정이다.

교통의 이용은 더욱 어려웠다. 정기노선을 달리는 기차나 버스는 참으로 드물었다.

정기적으로 달리는 차라는 게 유리창이 없고 고장이 잦은 아주 을씨년스러운 차량뿐이다.

손님이 많은 주요노선을 제외한 산간부나 장거리에는 시간을 예측 할 수 없는 버스가 어쩌다가 한두 번 다닐 뿐이다.

후생사업 나온 군용트럭이나 장작 싣고 나르는 화물차 위로 기어 올라가 우

락부락한 조수나 차장의 요구대로 운임을 줘야하는 교통사정이다.

흔들리는 장작더미 위에 앉아서 바라다보는 마이산의 위용은 더욱 장엄하다.

해발 사백 오십 미터라는 진안고원에 우뚝 솟아 말귀처럼 생긴 저 속금산이 상징하는 색깔은 도대체 무슨 색깔일까,

아마도 저 마이산의 때깔은 신이 쪼그리고 앉아 짓느라 흘리신 땀방울 어린 조물주의 마음색깔일 거라고 상훈은 추리한다.

33

- 정읍사 향 내음 -

달 차면
그 사람 온다했지

한 촉 난으로 살다간
정읍사 여인아

시방도 뫼 위에 올라
먼데를 바라보시는가?

마음 저며서 속울음 터트린
저 여인의 향 내음

하늘 가득
때까치라도 울고 가렴

전주시를 기점으로 동남부 산악지대. 즉, 진안, 장수, 무주, 남원, 임실과 서남부의 정읍, 고창, 순창등지의 산간부에는 군,경의 공비토벌작전 중이었다.

공비토벌이 끝나 수복된 지역의 산골짝에 거주한 주민들 가운데는 공산당과 빨치산에게 조력한 부역자가 시글시글 널린 애달픈 현상이 나타났다.

보급투쟁이란 구실로 산에서 내려온 빨치산이 총구를 들이대고 강탈한 소돼지 곡식을 짊고 산으로 가자는데 어쩔 것인가? 그것도 부역이 되었다.

 지리산을 비롯하여 덕유, 운장, 회문산 같은 깊은 산그늘에 둥지 틀고 산, 착한 백성들이다.

 사상이 무엇인지, 빨갱이, 흰둥이, 아무것도 모르는 무지렁이 선한 양민이다.

 총구 앞에 이끌려 하는 수없이 남부여대 이고지고 길도 아닌 산비탈을 넘어지고 꼬꾸라지며 끌려갔다 온 것이 무슨 죄란 말인가,

 그러나 법은 매서웠다. 부역자란 죄목이 그들을 몇 달 또는 몇 십 년 동안감옥살이를 하여야한다.

 비록 게딱지같은 초가삼간일망정 단란하던 가정은 파괴되고 부락은 소개되었다. 몇 해 동안 사람이 살지 않는 텅 빈 마을이 되기도 한다.

 기가 차고 환장하여 뛰다죽을 노릇이었으나 반항할 줄도 모르는 저 순한 민초들의 피눈물을 과연 우리 역사는 어떻게 닦아줄 것인가?

 그들의 죄라면 척박한 논밭뙈기 가꿔서 부모 섬기고 처자식 아끼며, 지아비 뜻에 맞춰 오손도손하게 도란도란 산 죄 밖에 없는 백성들이다.

 밤에는 인민공화국이 내려와 경찰가족과 공무원, 지주계급 반동분자라며 가족이 죽임을 당했다.

 날이 새면 대한민국이 들어와 그놈들 밥해주고 밀대노릇 하였다고 또 그렇

게 당했다.

사상도 정치도 주의도 모르는 순한 이 땅 조선을, 어떤 놈이 남북으로 갈랐으며, 민주주의와 공산주의를 금수강산에 풀어놓아 백의민족 하얀 옷에 애꿎은 선혈을 적시게 하는 자는 또 누구란 말인가?

멀리보이는 남고산성 기다란 성벽 끝에 아지랑이가 아른아른하다. 노고지리가 하늘 높이서 지저귄다.

골짜기가 깊은 산골마을에는 지금도 여기저기 빨치산이 출몰하여 11사단, 8사단, 수도 사단 같은 군대와 경찰이 한창 공비토벌중이다.

전쟁의 깊은 상처로 갈기갈기 찢겨 쓰라린 생채기에서는 아직도 피가 철철 흐르는데도, 꽃피고 새우는 봄날은 아랑곳없이 찾아와 나붓이 앉는다.

사형의 과수원에 스며든 봄은 화사하다. 꽃 대궐에 묻힌 한사형의 심기는 흐드러지게 핀 복사꽃과는 달리 매우 불편하다. 꽃이야 피던가 말든가 꼬인 심사가 뒤틀리는 거다.

아들 녀석이 고시합격 하여 법관이 되는 미련을 차마 버리질 못해서다. 그러나 어쩌랴! 주도권을 빼앗긴 아내의 고집이 철벽인 것을,

상훈은 하얀 두 줄 백선에 高자 붙은 공업학교 모자를 머리에 얹게 되었고, 하영은 무난히 여고생이 된다.

시화전 일로 집안의 감시가 강화된 하영이 오랜만에 나폴리에 들릴 수 있었다.

제과점 구석진 자리에 앉은 상훈을 발견하고는 깜짝 놀란다.

"어머! 저게 상훈이 아냐? 이걸 어쩐다냐."
토끼눈이 된 그녀가 깡충깡충 뛰어가 그의 손을 덥석 잡는다.

"아이가! 시상으나! 너 언지서부터 여그서 날 지둘렀었냐?"
더욱 놀란 건 상훈이다. 엉겁결에 앉았던 의자에서 엉거주춤 일어난다.

"어? 하영이네. 이만 때 쯤이면, 니가 올랑가 혀서."
멋 적게 웃으며 산듯하게 여고 교복을 입은 그녀를 눈부시게 바라본다.

"그럼 오늘 우리 텔레파시가 통했나보네! 진즉에 연락이나 좀 허지."

"야 좀 봐. 내가 어떻게 연락을 허겄냐? 니가 소식을 보내든가 혀야지, 느네 집 감시가 심혀서 느집 옆에도 못 가는디 어떡허냐? 그래서 여그 앉아서 너 올 때꺼정 지둘렀지 뭐."

"피이- 핑계가 좋네. 심바람 허는 은심이 보내먼 되잖혀."
"하이고, 야, 야 -. 말도마라. 갸도 우리 집 닦달에 옴짝 달 싹을 못 허는 형편이란다."

토끼눈이 참붕어 눈으로 바뀐 그녀가 오늘 우연한 만남에 들떠서 종알거린다.

"어얼래? 공업핵교 뱃지 달었네! 근디 아버님 성화를 어떻게 이겼냐?"
신기한 듯 그의 교복에 붙은 학교배지를 만지며 생글생글 웃는다. 보조개도 같이 따라 웃는다. 참 싱그럽다.

"그나저나 너, 여고입학 헌것 축하헌다. 그런디 인자 본께 중학생 때 보담 훨씬 이뻐지고 성숙해 보인다. 야 - ."

"야가, 시방 왜 그런댜? 그 얼굴이 그 얼굴이지 멋이 달라지것냐? 괜이 사람 놀리지 마. 쑥스럽게 시리."

얼굴을 붉힌 그녀가 고운 눈을 흘긴다.

유달리 얼굴에 주근깨가 많은 제과점 주인 딸이 주문한 빵을 가져와 탁자에 올려놓으며,

"하이고! 하영이 아가씨가 이제 여고생이 되얏네. 이 교복은 새로 맞춘 것인 갑네. 참 잘 맞는다. 어디서 맞춘 거여?"

깨알을 뿌린 듯 주근깨가 다닥다닥 붙은 그녀가 옅은 웃음을 머금고 하영의 교복을 쓰다듬으며 묻는다.

"저어기, 중앙동 순미사요."

순미사는 다른 점포에 비하여 값이 조금 높아 주로 돈 많은 부유층들이 애용하는 전주의 대표적 고급양장점이다.

"그려? 순미사고만, 어쩐지 때깔이 자르르 흐르더라. 나도 언지 거그 가서 투피스나 한 벌 맞춰야 겄네."

심드렁하게 말을 마친 주근깨처녀는 펑퍼짐하게 퍼진 엉덩이를 흔들며 빈 오븐을 들고 카운터로 돌아간다.

그 나폴리제과점은 제과기술자인 그녀아버지가 만들고, 주근깨 딸이 서빙과 수금을 맡아 부녀간 둘이 운영한다.

스무 평쯤 되는 홀의 탁자도 대여섯 개의 소규모여서 단골손님들이 다문다
문 들르는 정도의 한가한 점포다.

하영이 단팥빵을 하나 집어 상훈에게 건넨다. 그가 유달리 단팥빵을 좋아하
기 때문이다.

그녀는 크림빵을 한입 문다. 빵을 건네는 그녀의 하얀 손이 마치 선녀의 손
이 저와 같을 거라고 상훈은 생각한다.

"너, 아까막시. 우리 아버지가 어떻게 허락하셨냐고 물었지? 내가 잠수 타
는 '쇼'를 한번 했거든, 그 바람에 집안이 난리가 나고 억지로 허락이 된 거여."

"멋이여? 니가 잠수를 탔단 말이여? 어디로 숨었었는디?"
그녀가 상평통보 엽전만하게 눈을 뜬다. 평소 상훈의 거동으로서는 생각 치
못했던 용기에 깜짝 놀란다.

"응 -, 어디냐 하면, 저 진안 마이산으로."
그가 막내이모 댁으로 가출한 일과, 마이산의 웅장한 위용과, 그간 집사에게
들은 집안의 뒤집어진 내용 이야기를 설명해준다.

그녀는 호수처럼 맑은 눈을 샛별처럼 반짝이며 그의 이야기를 호기심과 경
탄이 가득 담긴 얼굴로 듣는다.

말을 마친 그가 그녀의 손을 조심히 잡는다. 그리고는 그녀의 고요한 눈을
마주보며 정색을 하고 다음 말을 꺼낸다.

172

"그건, 그렇고. 이것은 내가 마이산에 앉아 며칠을 곰곰이 생각해본 것인데 꼭 좀 들어주었으면 한다.

무엇이냐 하면, 너나 나나 우리가 이제 고교생이 되었잖으냐, 그러니까 서로가 상대방의 인격을 존중하는 의미로 피차간에 반말을 하지 말기로 하자."

"그리고 앞으로 가급적 사투리를 쓰지 말기로 하자. 그렇다고 우리의 뼈와 살 같은 내 고장 말을 버리자는 건 절대로 아니다.

장차 서울로 대학진학 할 때를 대비해서 미리 연습 삼아 학교에서 배운 표준말을 사용하자는 거다. 그런데 네 의향은 어떤가 모르겠다."
상훈이 조금 묵직한 톤으로 그녀에게 묻는다.

느닷없는 제안을 받은 그녀가 어리둥절하다가 잠깐 동안 고요히 눈을 감았다가 뜬다.

"좋아. OK, 그렇게 하지 뭐, 동감이야. 사실은 나도 진즉에 그런 생각을 해본 적이 있어,

다 큰 사람끼리 야-. 너-, 하는 게 조금 어색했는데 잘되었네. 쪼깨 아쉽기는 하지만,

하여간 상훈이 뜻에 따를게. 여필종부라면서? 히 히. "
그녀는 흔쾌히 승낙을 한다.

갑자기 성숙한 여인이 된 것 같은 기분이 든 그녀가 장난기 섞인 목소리로 큼, 큼, 두어 번 기침을 하고는 얄팍한 어깨를 우쭐거린다.

그 모습이 귀엽고 웃겨서 상훈이 만족스런 미소를 입가에 비죽이 내민다.

연두색깔 이파리가 따가운 햇살을 받아먹고 짙푸르다가 차츰 다소곳이 반짝이는 검푸른 이파리의 때깔로 짙어가는 성장의 노정이다.

34

– 서리서리 풀어놓고
한 삼천년쯤 울어 보렵니다.–

당신 하
정녕 날 버리시려거든
그리움과 미망을 묶어
가슴 속 저 밑바닥 구석진 곳에
깊이깊이 잠들도록 하여 주소서
꿈마다 오시는 발걸음 끊으시고
꽃피고 새 울고 궂은비 내리지 않아도
불현듯 매달리는 안쓰러운 미련마저
홀홀 거두어 가신다면
추적추적 가을비 내리고
이승 뜨는 날
비로소 가슴 저 아래 묻어둔
그리움과 미망의 응어리를 꺼내
무소유에 엮어 저승에 가서나
서리서리 풀어놓고
한 삼천년쯤 울어보렵니다.

나뭇가지마다 수박만한 이마무라金村秋 배가 옹골지게 익어가는 날, 점심을 조금 지난 시간이다. 검정가죽점퍼를 입은 중년남자 둘이 과수원을 찾아온다.

전주경찰서에서 나왔다며 불문곡직하고 한 사형을 잡아간다. 공산당 빨갱이를 잡으러왔다는 것이다.

늦은 점심을 끝낸 여자인부들이 일하는 능금나무 밭에 올라가려던 사형 씨는 영문도 죄목도 모른 채 손에 수갑을 차고 검정 찝차에 실려 간다.

과수원은 갈피를 잡을 수 없는 허탈에 빠진다. 할머니는 머리에 태 머리끈을 질끈 동여매고 자리보전하고 누워버린다.

"이 노릇을 어쩐다냐! 내가 너무 오래 살었나 보다." 연신 헛소리를 하였고, 머슴들과 안채에서 일하는 여자들도 모두 일손을 놓아버린다.

정신을 차린 집사가 자전거를 타고 시내의 마님에게 사정 내용을 알리고 전주경찰서를 찾아간다. 누구에게 어떻게 물어봐야 할 것인지 막막하여 여기 저기 기웃거려본다.

마침, 경찰서에 사환으로 있는 동네아이가 담배심부름을 나오다가 집사를 보고 인사를 한다.

"집사 아저씨가 여그는 어쩐 일이시대요? 무슨 일 때문에 오셨시요?"
집사는 구세주를 만난 것보다 더 반가워한다.

"야, 종철아. 너 잘 만났다. 과수원 어른이 아까 막시 잽혀 왔는디, 어디 기시는지, 뭣땀시 여그 잽혀 왔는지 폭폭혀 죽겄다. 니가 좀 알아봐줄 수 없것냐?"

"그리 라우? 지가 심부름 얼렁 갔다 와서 한번 알어 볼게요. 쪼깨만 기다리시기 라우."

심부름을 다녀온 종철이가 경찰서로 뛰어 들어가더니 얼마 만에 나온다.
"어떻게 좀 알어 봤냐? 시방 어른께서 어디 기신다고 허드냐?"

"저그, 형사계에 있는디 빨갱이로 잽혀왔다고 허능구만요."

무엇 때문에 끌려왔는지 자세한 것을 알아봐 달라고 그에게 지폐 몇 장을 쥐어주며 부탁을 한다.

종철이가 거기에서 일하는 사환 친구에게 알아보마고 하고 경찰서로 다시 들어간다.

해질 무렵에야 청소마치고 퇴근한다며 나온 종철이 이야기로는, 새로 부임한 강 형사가 서당뜸 강 성근 씨의 형님 아들 즉 성근 씨의 장조칸데, 성깔이 보통 고약한 게 아니란다.

그 강 형사에게 원수를 갚자고 숙모의 남동생 건달 녀석이 찾아와 쏘삭거렸다. 얼마 전에 검암분주소로 잡아가 곤욕을 치르게 한 바로 그놈이다.

"지 친구 야기로는 그 사람들 보통내기가 아니고 웬수 갚겠다고 단단히 벼르는 것 같은깨 잘못 걸렸담 시롱, 빠져나오기 쪼꼼 심들 것이라고 허드만요."

"그렸고마잉, 그런디 죄목이 머 라댜? 잡아온 죄목이 있을 것 아닌가 벼, 도대체 왜 잡아왔다고는 안 허데?"

정말로 고약하게 걸렸구나, 하고 생각한 집사가 죄목이나 알아야 어찌 해 볼게 아니겠는가, 답답하고 암담하여 다시 묻는다.

"거그 꺼정은 잘 몰라라우. 니알 그 친구한 티 더 알어다가 디릴께요. 그럼 지는 그만 집에 가야 쓰것고만요."
집사에게 절을 꾸벅하고는 도시락 가방을 달랑거리며 꽁지 빠지게 달아난다.

집사는 막막하다. 하다못해 순경은 그만두고 정문 보초 서는 의경 한사람도 아는바 없으니 참으로 답답하다. 마음을 굳게 먹은 듯 심호흡을 한다.

문을 열고 들어가 입구에 앉은 군인 전투복 입은 젊은 순경에게 강 형사를 물었다.

"어찌 그러쇼? 강 형사는 왜 찾는디?"
불퉁스런 반말이다. 혀가 꼬부라졌나보다.

"거시기, 저그 우리 집 쥔어른이 여그 형사계로 붙잡혀 왔다고 혀서 그런디요."

"아-, 아까 막시 오후에 붙잽혀 온 놈, 당신이 그 빨갱이 허고 멋 되간 디 면회를 왔어?"

"지가 그 어른 과수원에서 집사 일을 맡어서 보고 잇습니다요."

"그렇게, 당신이 그놈 집사로고만, 쩌그 저쪽 맨 구석에 앉은 사람이 강 형사여, 긍깨 글로 가보쇼."
사무실 안쪽 약간 어둑한 곳을 손으로 가리켜준다.

"아이고 고맙습니다." 엉거주춤 인사를 한다. 사무실 안은 담배연기가 자욱하다. 여기저기 취조를 하는지 고함소리가 실내를 훌쩍훌쩍 뛰어다닌다.

아직 서른이 채 못 되 보이는 일제 돔보 가죽점퍼를 입은 강 형사는 눈이 옆으로 살짝 찢어졌다.

하관이 쪽 빨은 턱에 얄팍한 입술이 푸르딩딩하고 다부진 신경질 형의 고집이 많아 뵌다.

의기소침으로 기가 죽은 집사가 죄지은 놈처럼 주춤주춤 다가간다.
"저- 실례 허것는디요. 강 형사님 되시는 감요?"

서류를 뒤적거리던 그가 흘깃 한번 쳐다보더니 눈을 도로 내리깔고 시큰둥한 소리로 묻는다.

"내가. 강 형산디, 왜 그러쇼?"
고개를 들지도 않고 서류를 훑어보며 묻는다.

"저, 거시기, 저기 과수원 어른이 여그 기신다고 혀서 쪼깨 만나보고 싶어서 왔어라우. 지는 거그 집사고만 요."
그가 허리를 두어 번 굽실거린다. 두 손을 앞으로 모은 채 공손하게 대답한다.

"그 빨갱이새끼 허고 무신 관계가 되간 디, 당신이 면회를 왔어? 너도 빨갱이 물들었어?"
뱁새눈을 홉뜬다. 인상이 아주 고약하다. 단박에 반말을 지껄인다.

"지는 그냥 어르신 과수원 일만 보는 집산 디요. 어쩐 쪼간인 가도 알어보고 어르신도 쪼깨 뵐라고 왔어라우."

"그으래? 그런디 어쩐 다냐? 그놈 빨갱이새끼는 워낙 중죄인이라 당분간 면회가 안되는디."

단칼에 잘라버린다. 책상서랍에서 꺼낸 담배를 한가치 권하더니 자기도 피워 문다.

"그러면 우리 어른이 무슨 죄를 진 것인지, 형사님이 쪼깨 일러 주시면 안될 까요?"

"흥, 죄목 말이야? 그 자식 죄목은 이따가 조사혀봐야 확실한 건 알 것 지만 시방은 머라고 말할 수 없응깨 그냥 집에 가서 기다리쇼."

하릴없이 경찰서를 나온 집사는 터벅거리는 다리를 이끌고 물왕멀집을 향한다. 갑자기 시장기가 든다. 급한 김에 점심을 거른 게 생각난다.

나폴리제과점에서 하영과 헤어져 집에 온 상훈이 아버지 소식을 들었다. 암담하다. 무슨 죄목인가 알아야 어떻게 손을 써 볼 것 아닌가, 답답하다.

마님의 굳은 얼굴에선 냉기가 흐른다. 집안 분위기가 심해처럼 착 가라앉았다.

오도카니 앉아서 경찰서에 간 집사만을 기다린다. 속이 타는지 냉수를 벌써 몇 사발 째 찾는다.

옛, 후삼국시대 후백제 견훤의 도읍지였던 물왕멀 좁은 골목길에 어둠이 깔린다.

왜놈이 살다간 형무소관사와 정거장직원숙소에 둥지 튼 비둘기들도 집을 찾아든 지 오래다.

탈신 탈신 빈손으로 돌아온 집사가 툇마루에 지친 몸을 부린다. 집사의 이야기를 들은 마님은 얼굴이 사색이 된다.

또 죽은 그 과부 년 때문이라니, 입술이 시퍼렇게 독이 오른다.

면회도 사식도 안 되고 제법 쌀쌀한 밤 날씨에 옷가지도 차입할 수 없으니 어쩌면 좋단 말인가, 골똘히 생각에 잠긴다.

지난여름 인공 때 부르주아 반동분자로 곤욕을 치렀으면 되었지, 또 엉뚱한 빨갱이란 누명을 씌워 복수를 하는 강부자네 소행이 찢어죽이고 싶도록 밉다.

사람을 잡아다가 똥물을 먹어야 살 정도로 타작하고도 부족해, 그 분풀이가 얼마나 남았기에 또 이런 수모를 준단 말인가?

인간으로서는 하지 말아야 할 금기를 넘어섰다고 생각한 그녀는 아드득 치를 떤다.

가급적 친정 나들이를 삼가고 산 그녀였다. 출가외인은 시집 귀신이 되어야 한다며 친정을 멀리하라는 아버지 성 참봉의 말씀을 귀가 따갑도록 듣고 자란 탓이다.

그런 그녀가 북문 안 친정대문을 열고 들어섰다. 동생은 출타하고 올케가 반기며 맞는다.

"아니, 이게 성님 아니시요. 성님이 으쩐 바람이 불어 여그를 다 발걸음허셨댜아? 어서오시기라우, 어째 집안은 별고 없으지라우?"

펑퍼짐하게 비듬 살이 오른 올케가 호들갑을 떨며 안방으로 손을 끈다.

점심때가 못 미친 무렵에 들어온 동생에게 저간의 내용을 말한다.

"그러니 너, 혹시 경찰서에 아는 사람 없냐? 나는 통 아는 인맥이 없다"

"그렁깨 시방, 자형이 경찰서 강 형사한티 끌려갔단 말여? 멋이 빨갱이라고? 이런 개새끼가 있는가, 지까진 놈이 알량한 형사라고 권세를 부려? 나쁜 놈의 자식. 내, 이 새끼를!"

"긍깨, 이 노릇을 어떠케 허먼 쓰겄냐. 니가 좀 주선을 혀봐라."

"누님, 가만히 계시쇼. 내 친구가 서장 허고 친헌 사람이 있응깨 내 그 친구허고 상의를 혀 볼텅게,

누님은 일단 집에 가 계시지라우. 내가 오후에 나가서 알아보고 연락을 디릴텅게 과히 염려마시기라우."

경찰서장과 친한 친구와 한잔 했다며 얼굴이 불콰한 동생이 온 것은 밤 열시쯤 되었다. 목이 빠지게 기다린 그녀가 숨 쉴 새도 없이 다그쳐 묻는다.

서장은 서울 가서 내일이나 돌아오고, 친구가 경찰서에 들어가 알아본 결과 그 강 형사란 놈이 단단히 옭아매어놨더라고 한다.

인공 때 검암동 분주소에서 빨갱이대장 범생이 삼촌이 빼내준 것, 인민군이 내려왔을 때에 인민군중대본부를 주둔시켜 여러 날 동안 밥 해주고 재워줘 부역한 일, 내려오는 인민군부대마다 군량미를 제공했다는 것,

그리고 과수원에 일하러 오는 여자일꾼들에게 은근히 공산주의를 찬양하고 북한에게 유리한 선전을 하여 사상세뇌가 되도록 했다는 게 죄목이란다.

"지까진 놈이 쥐꼬리만 헌 권력 가지고 까불먼, 저 보다 높은 사람이 우에서 눌러 뻔지게 헐텅께 누님은 걱정을 허시지 마시기라우."

통금시간이 된다며 동생은 자리를 털고 일어난다.

"그 친구허고 모래아침 새벽에 서장 관사를 가기로 혔으닝께 가지고 갈 돈은 누님이 알어서 챙겨야 것네요. 아까 막시 지가 말헌 액수는 알지요?"

"그리고 참, 그 친구 목도 서운치 않케 챙겨야 헙니다. 누님."
외삼촌이 상훈의 머리를 쓰다듬더니 바람처럼 어둠 속으로 사라진다.

이제 상훈의 집에 불똥이 떨어졌다. 마님이 손수 과수원에 내려가 집사와 머슴들을 독촉한다.

내일 과일 약강에 내갈 배를 따고 포장하여야 서장에게 갈 뇌물을 만들기 위해서다.

"전쟁은 총성이 음악을 대신 할뿐 파티와 비슷하다. 시작은 요란하지만 흐지부지 끝나는 것이 다반사다,"라고 한 중국의 전술가 임표林彪의 말처럼 전쟁은 트릿하게 끝났으나,

부정부패가 만연되고 모든 사회 통념과 관습이 돈과 연줄로 형성되었다.
즉, 빽과 돈이 어디서든 통하는 구조로 형성된 자유당 이승만 정권이다.

지독한 골수 빨갱이도, 사형장으로 끌려가던 사상범도, 빽과 돈이면 풀려나는 아주 썩어빠진 세상이 단단한 껍질로 구축된 사회로 구성되었다.

이른 새벽, 경찰서장관사 다다미방에 보퉁이를 든 마님과 외삼촌, 그리고

상훈이 앉아있다. 5관들이 배 세 상자는 이미 현관에 쌓아놓는다.

조금 기다리니 임신 오륙 개월쯤 된 배를 안고 서장이 나타난다.
"하이고! 이거 기두리게 혀서 대단히 미안헙니다. 오신다는 말씀은 친구헌
티 들었습니다만, 제가 어제 약주가 좀 과혀서 그만, 정말 죄송헙니다."
조금도 미안한 구석이 없는 헛 인사치례를 건네며 자리에 앉는다.

"저어-, 지가 성칠이 친구 허 봉택입니다. 서장님 주무시는 새벽에 찾아와
서 대단히 죄송허구만요. 성칠이 헌티 서장님 말씀을 많이 들었습니다요.

이분이 제 누님 되는 한 사형씨 부인이고 쟈는 아들이 고만요. 서장님헌티
잘 좀 도와주시라고 부탁 디리러 왔습니다."

허 참봉아들 허 봉택이 다다미 위에 무릎을 꿇고 애원하듯 말한다. 마님이
가지고 온 보퉁이를 슬그머니 서장 앞으로 밀어놓는다.

"지가, 한 사형씨 안사람 되는구만요. 서장님, 변변치 않은 걸 쪼께 갖고 왔
는디, 기냥 성의로 알고 받아주시먼 고맙겠습니다."
마님이 단정하게 머리를 조아리며 또박 또박 인사를 건넨다.

"하, 멀 이런 걸 다-, 그냥 오셔도 되는디, 주시는 것잉깨 받컷습니다만서
도, 하여간 고맙습니다. 헴, -

저놈이 아들인가요? 허, 그 녀석 똘방지게 잘 생겼네. 어라? 이 치구 공업핵
교 댕기네. 인자 일학년 이고만, 나도 공업핵교 댕겼다. 내가 니 선배다.

너, 무슨 과냐? 건축과여! 나는 토목과다. 공부 열심히 혀야 쓴다,

지가 서울 갔다 와서 어제 저녁에사 친구 헌티 이얘기는 얼핏 들었습니만, 대관절 무신 사건인가요?"

보퉁이의 크기를 눈대중으로 가늠하며 사건 애용을 묻는다.

사건의 발단은 애초에 한 사형이 청상과부 된 서당뜸 강 씨 집안 막내며느리와 정분이 난 일과, 과다한 요구에 발길을 끊어 과부가 자결한 사연과,

그로 인한 강 씨 문중의 원한을 사게 되고, 인공 때 끌려가 죽을 만큼 매를 맞고 풀려나 병신이 되었다.

그런대도 그 앙심이 아직도 남았는지, 이번엔 빨갱이로 엮어 잡혀온 것이다.

죽은 과부의 남동생의 쏘삭질에 강부자의 조카인 강 형사가 부화뇌동하여 억지로 빨갱이를 만들어 조작된 사건이란 걸 그녀가 소상하게 설명한다.

"저희 자형은 빨갱이가 될 수 없는 사람이거든요. 아, 큰 과수원을 운영허는 사람이 무엇땜시 빨갱이를 허겄는가요?"

"우방면 유지로 시방도 밤마다 우방지서에서 의경을 두 사람씩 보내서 지켜주는 형편입니다."

삼촌이 나서서 말을 거든다.

"지서 의경이 왜 지켜줍니까? 뭐 과일 도둑이 그렇게 심헌가요?"

의아한 듯 서장이 삼촌을 바라보며 묻는다.

"아, 아니요. 그게 아니라 요새 총 든 무장 강도가 돈 있을 만헌 외판집에 나타나 털어가거든요. 그 근방에서 벌써 몇 집이 당혔구만요."

칼빈총을 든 2인조 강도가 과수원과 한적한 곳에 있는 부잣집을 노리고 다니는 흉흉한 실정이다.

때문에 웬만한 재력을 가진 사람은 저녁때가 되면 시내에 있는 집으로 피하여 잠을 자고 이튿날 나오곤 한다.

"아, 그것 때문이 군요. 그건 그렇고, 아주머니 말씀을 듣고 사건의 내용을 대충 알았습니다,"

"결국은 바깥양반 외도 땀시 일어난 사건이네요. 허허허, 하여튼 내가 출근혀서 잘 처리토록 헐팅게 염려마시지요. 곧 석방혀 드리겠습니다."
말을 마친 서장이 출근준비를 해야 한다며 일어선다.

"근디, 서장님, 이왕에 보아주시는 김에 한 가지만 더 도와 주시면 어떨까 혀서 말씀 드리겠습니다."

"그게 멋이냐 허먼, 죽은 과부의 동생이란 놈이 인공 때 붉은 완장차고 총 메고 와서 설랑 저의 자형을 검암동 분주소란 디로 끌고 갔습니다."

"악질반동분자라며 반병신을 만들더니, 이번에는 빨갱이란 누명을 씌워 모략 헌 그 깡패 놈을 무고죄로 버릇을 단단히 고쳐서 후환이 없도록 혀 주셨으면 어쩔까 혀서 말씀 드립니다."

기왕에 부탁하는 길에 검암동건달 과부동생 놈을 처치해 달라고 삼촌이 하나를 더 주문한다.

"아, 그래요? 예, 충분히 알겠습니다. 그것도 잘 살펴보라고 아래에다 지시를 혀 놓틍게 그리 아시지요.

참, 그리고 허 봉택씨 친구 되시는 성칠이 만나거든 내가 잘 처리혀 준다고 혔응깨로 걱정 말라고 전해 주시요. 그럼 편안이들 가시지요."

서장이 현관까지 배웅을 나오다가 배 상자를 보고는 환하게 웃으며 무슨 과실을 이렇게 많이 가져오셨냐며 흐뭇 해 한다.

그녀가 집에서 농사지은 것이라 입맛에 맞으실 런지 모르겠다고 겸양을 한다.

한 사형 씨는 다음날 해질 무렵 땅거미가 스멀스멀 경찰서 후정에 깔리기 시작 할 때쯤 풀려난다. 오늘도 검안동분주소에서 나올 적 같이 쇠달구지에 실려 간다.

어디를 어떻게 고문을 당했는지 지난번보다 더 혹독한 매를 맞은 것 같다.

온 몸에 시퍼런 멍투성이로 흡사 구렁이를 감아놓은 것 같다. 여기 저기 피가 옷에 달라붙어 악머구리 형상이 되어 신음조차도 제대로 못한다.

이 민족이 언제부터 빨강과 하양과 노랑 같은 색깔로 편을 갈라 서로의 운명에 간섭하였단 말인가, 빨강은 정열과 희망과 사랑과 따사로움을 베푸는 색깔 노릇으로 인식되었다.

하양은 한 없이 순결하여 이 세상에 비추는 햇살이 나눠준 색깔과 사념과 존재와 사상과 영혼까지 모든 색깔을 합친 온전함이다.

우주의 본성은 깜장이다, 해님이 햇살을 풀어주지 않으면 때깔은 존재하지 못한다. 우리 인간의 시력으로 보는 색깔이 동물의 눈엔 다른 색깔로 보일 수도 있는 게다.

빨강이 하양으로 하양이 노랑으로 변 할 수 있는 거다. 이 우주의 모든 사물은 스스로 지닌 색이 없는 거다.

다만, 태양의 은혜에 의해서만 빨강이니, 하양이니, 색이 분류 될 뿐, 제 자신의 사상과 철학이 존재하는 건 아니다.

인간이 생존하고 있는 이 우주는 무한대의 캄캄한 암흑 물질로 구성된 거라 한다.

인간은 아직도 그 암흑물질의 성분을 분석하지 못하고 있다. 즉 우주는 깜장이다. 거기에 태양에서 발산하는 햇살로 인하여 비로소 색을 입는다.

그렇다면 색은 과연 어디서 오며 어떻게 생성되어 나타나는 존재인가, 인간이 보는 색깔은 자연현상의 피조물 형태인가, 아니면 인간의 눈이나 두뇌 속에 존재하는 색깔일까?

인간이 아닌 어느 동물에겐 색깔 분별이 다른 색으로 착시한다는 근거는 어떻게 해석해야 하는가? 과연 색은 어느 곳에 존재하는 물질인가?

오월에 피는 붉은 장미꽃의 색깔은 본시 꽃에 있는 것인가, 사람의 눈이나 두뇌 속에서 생성하여 시어詩語의 색깔을 입히는 그림씨인 것인가,

인간의 감성과 인식으로 고착되어 나타나는 현상일까? 어느 신문에서 읽은 말이다.

그 조차도 분별치 못하는 하찮은 미물인 인간이, 빨강이며 하양색깔을 나눠어 풍신난 철학과 이데오르기 랍시고 치고받아 삼백만의 인명을 죽여 놓고서 아직도 부족하단 말인가?

이런 때 상훈은 색에 대한 회의감을 느낀다. 그러나 원죄는 색의 탓이 아니지 않음을 어렴풋이 자각한다.

어느 작가는 '우리가 동시대인이라고 생각하는 건 착각이다.'고 하였다.

우리 인간이 한동안 생존하여 동행할 뿐, 가슴 속엔 각기 다른 형상과 사고로 살아가기 때문에, 똑 같은 시간을 지나간다고 하여서 동시대인간이라고 말할 수가 없다는 것이다.

그런 의미를 상실하여 유월전쟁의 참혹한 동족 살상을 이해 할 수 없다는 거다. 서로가 각기 다른 시대를 산다.

그러므로 딴 시대를 사는 사람과는 사고력과 시대감각이나 생존방법이 틀릴 수가 있을 것이다.

따라서 인간이 세상을 살아가는 사념과 가치관과 세계관이 엄청 달라진다는 의미로 해석하면 타당한 거다.

쇠달구지에 실려 온 한 사형 씨는 한동안 인사불성이 되어 이승과 저승을 오락가락 하다가 사흘만에야 겨우 눈을 뜬다.

어떻게 몰매를 맞았는지 돌아눕지도 못하고 단발마의 비명소리만 간간이 내지른다.

과수원에 눌러앉은 마님은 또다시 똥물을 퍼 와야 했고, 어혈이 풀리는 약을 구하러 집사의 자전거가 불이 날 지경이다. 그런데도 사형 씨의 병세는 좀처럼 호전되지 않았다.

하는 수없이 마님이 과수원 일을 다잡아야 하고, 그의 병구완도 돌봐야한다.

연거푸 두 번의 곤욕을 겪은 사형 씨는 가을이 다 가도록 몸을 추스르지 못한다.

몹쓸 일을 두 차례나 치른 그는 몸도 몸이지만 삶의 의욕이 상실되어 허탈감에 빠진 무능력자가 되어간다.

생존의 의미를 잃어버린 탓에 신체의 회복도 따라서 함께 주춤거린다.

병고를 털고 일어난다 하여도 이제 과수원 경영은 할 수가 없는 무기력한 인간이 되었다.

모든 의욕이 사라진 바보처럼 일종의 정신질환의 병세가 그의 영혼과 심장을 지배하는 천치 같은 현상이다.

이 세상만사가 다 귀찮다. 과수원도 아내도 자식도 판, 검사도. 전부가 자기를 돌아앉은 거다.

듣기 싫고 보기 싫은 것투성이다. 삶에 대한 회의와 실증을 느낀다. 그저 눈 감고 잠드는 게 가장 편안하다.

지독한 의기소침에 빠진 염세주의자가 된다.

과수원에는 가을이 익어간다. 무서리내리기 전에 만생종능금 국광을 따서 갈무리해야한다.

성숙한 여인의 살 냄새 같은 단물을 가득히 머금어 학교 종만큼 실팍하게 큰 만삼길晩三吉, 늦은 배도 따서 저장고에 쟁여야 한다.

서른 댓 두락 넘는 집 앞의 텃논과 과수원 뒤, 불탄리고개 논의 나락도 베어다 말려 볏가리를 쌓아야 한다,

대여섯의 머슴들 하며, 날일을 오는 일꾼들이랑 온 식구가 겨울을 넘길 김장도 해야 한다.

포기김치 담글 배추 열댓 접과, 깍두기 무 일곱 접, 단무지용 두 접, 갓김치, 동치미무 한 접,

이런 것들과 양념에 쓸 재료는 할머니가 진두지휘감독을 한다 해도, 마님은 치마꼬리에 바람 잘날 없이 바쁘다.

늙은이 눈썹처럼 무서리가 하얗게 내리고, 과수원 나뭇잎은 떨어져 앙상한 가지에 찬바람이 감긴다.

과수의 웃자람을 막고 곁가지를 잘라주는 전정剪定기술자를 불러다가 전지剪枝를 한다.

겨울이라고 노는 게 아니다. 신문지나 미국 놈이 읽고 버린 폐지를 사다가 어린 열매를 싸줄 봉투를 만든다. 방이며 마루까지 난리법석이다.

과수원은 전생에 일 못하고 죽은 귀신이 태어난 사람이나 할 것이다. 누가 과수원이 신선하다고 하였는가?

멀리서보면 푸르고 아름답겠지, 똥오줌 갖은 쓰레기 주무르고 사는 인생인 걸,

흡사 도시 월급쟁이가 어려울 때면 다 때려치우고 시골 가서 농사나 지을까, 하는 푸념과 같다. 어디 농사일이 그리 만만하고 쉽다던가?

과수원 빈 나뭇가지 끝에 매달린 배 봉투 조각을 모진 휘파람소리로 흔들어대던 겨울이 갔다. 복사꽃 능금 꽃 피어 눈이 찢어지게 웃고 자빠진 봄이다.

온 과수원이 꽃 대궐이 된 화사한 봄날이 왔으나, 사형 씨의 몸은 아직도 깊은 겨울이다.

겨우 일어나 앉아 안방 미닫이문을 열고 먼 산만 멍-, 하니 쳐다볼 뿐이다.

알량한 인간의 뇌로 만든 풍진 난 이데올로기의 탐욕과 정복욕과, 끝 모를 소유욕의 희생이 만들어 낸 표본 중에 한 모델이 거기 앉아있는 거다.

35

- 반달 -

달포도 건 듯 지나
그리도 무렴 주듯
기별 한편 심심 하더니

부끄럼 설핏설핏 피워서
하얗게 바랜 웃음
하늘을 머금었다

섬섬옥수 반만 가린
네 입술 한 쪼가리.

한사형씨의 병고로 인하여 과수원 경영과 관리의 제반 일들을 마님이 떠맡을 도리밖에 없는 형편이다. 시내의 문왕멀 집 살림은 반대미 작은 이모에게 맡겼다.

반대미 작은 이모부는 장작장수 다니다가 화물차 장작더미위에서 떨어지는 교통사고로 죽었다.

생계가 어렵게 된 이모는 모래네 다리건너에 조그만 구멍가게를 차렸으나 장사가 시원찮았다. 가게수입도 시원찮고 초등학교 5학년 짜리 외동딸과 외롭게 살던 그녀여서 쉽게 승낙되었다.

종전에 부엌일과 허드렛일을 꾸려가던 위봉아줌마와 잔심부름꾼 은심이가 있어 그다지 어려움 없이 수월했다.

어머니가 과수원으로 들어간 뒤부터 상훈은 물왕멀보다 과수원에 머무는 날이 많아진다. 그런 날 물왕멀집은 주인 없는 객들만 오롯이 남는 셈이다.

아버지 사형 씨의 무력증세로 마님이 집사의 조력을 받아 작업지시와 출납을 관장한다.

과수원 경험과 지식이 없는 마님과 집사에게만 맡겨둘 순 없다. 아무래도 상훈이 마님 곁에서 조금씩 도와야 한다.

그는 아버지의 불호령과 간섭이 사라졌지만 난관에 봉착한다. 꽃망울이 터지기 전에 유황소독을 해야 한다.

꽃 피면 꽃 솎아내기, 열매 맺으면 적과하기 등 모르고 어려운 게 한두 가지가 아니다.

과수원 농사에 전문지식과 경험이 풍부한 기술자를 모신다. 비싼 연봉으로 초빙한 분은 호리호리하니 얼굴이 곱상한 환갑 지난 노인이다.

그는 작은 부인과 함께 짐을 꾸려 온다. 코스모스처럼 한들한들 가는허리에 날씬하게 쭉- 빠진 40대 여인이다. 기생출신이란 건 얼마 후에 알았다.

영감은 과수에 아주 통달한 기술자다. 꽃 따내기와 적과 방법하며 소독하는 시기와 병균의 종류, 소독약제의 배합 량과 순서에서 부터 과일의 갈무리까지 과수에 관한 한 득도의경지에 이른 과수박사다.

바깥 큰 대문 옆에 딸린 독방에 거주토록 한다. 작은 부인은 오래 비워둔 방과 부엌을 쓸고 닦아 신방처럼 꾸몄다.

기술자영감은 성격이 단순하고 솔직한 편으로 상대방 사람을 편안하게 해주는 성격을 가졌다. 그의 부인은 아주 쾌활하고 명랑하여 사교성이 참 많은 여인이다. 그녀는 이삿짐을 풀기 바쁘게 머슴들과 히드득거린다. 마님에게도 "어쩌면 저리 고우시디야! 아양을 떤다.

상훈에겐 "학생, 언지 시내 나가? 갈 때 나 좀 데려다 줘." 엉뚱한 부탁을 하며 한쪽 눈을 찡긋한다. 추파다.

마님은 과수원 일에 대해서 자기 스스로 무지한 걸 자각한다.

기술자영감 뒤를 따라다니며 날자, 시간 대처방법, 언제, 무엇을, 어떻게, 시기, 등을 노트에 기록한다. 과수에 관한한 영감의 수제자가 되는 게다.

사형 씨의 저 우울증 같은 증세는 회복될 기미가 없고, 아들은 아직 학생이다. 기술자에게 비싼 급료를 주어야 한다.

기술자에게 언제까지나 의존할 수는 없다. 죽으나 사나 마님이 짊어져야 할 숙명이라고 받아들인다.

과수원경영학을 영감에게 수강하는 것이다. 딱, 일 년만 영감에게 배우면 남편만은 못 해도 웬만큼은 과수원 농사를 경영할 수 있지 않을까?

마님은 스스로 자문하면서 창피를 무릅쓰고 영감을 따라다니며 하나하나 배운다.

하영의 자태만큼 화사한 복사꽃이 흐드러져 농창하게 익었다. 상훈은 이제

꽃 속에 파묻혀 울지 않는다. 적화〈꽃 따내기〉하는 서른 댓 여자들을 감독하기 때문이다. 울고 자시고 할 형편이 아니다.

올해도 벽초 시인과 오월 시인이 꽃구경 나들이를 나온다. 꽃솎아내기 감독을 집사에게 맡긴 상훈이 그들을 안내하여 원두막으로 오른다.

원두막의 바람이 아직은 조금 쌀쌀하지만, 위에서 바라본 복사꽃밭은 참으로 황홀하다. 천도복숭아를 든 서왕모가 사분사분 걸어 나올 것 같은 진짜 무릉도원이다.

공고 교복을 입은 상훈에게 벽초 시인이 묻는다.
"너, 어떠냐? 공고 다닐 만 허냐?"
"예. 그냥 그럭저럭 댕기는 구만요."
"어째? 학교 공부는 헐만 허고?"
"아 아니요. 공업핵교 건축과라는 것이 제도책상 하나 없고, 몇 개 있다는 것이 버드나무판대기로 만든 건디, 제도 허는 T자와 각이 맞들 안 혀서 제도를 못혀요."

"그것 뿐 이 간다요, 실업계 교과서는 아예 없어 선생님이 왜정 때 배운 왜놈들 책을 칠판에 적어주면 공책에 베끼는디 그게 교과서고요.

무슨 놈의 공업핵교가 전공과목은 일주일에 금, 토, 이틀 뿐이고, 나머지는 전부 국어 영어 수학시간이라 대핵교 입학시험공부 허는 인문핵교 허고 똑 같으라우."

"그건 해방되고 곧바로 전쟁이 나서 아직 준비가 안 된 이유 니께니, 선생님이 번역 혀서 적어주는 것 잘 받아쓰고, 니가 알아서 공부를 열심이 혀야 쓴다."

"그리고 국, 영, 수도 열심히 노력 허거라. 그것 배워 두어서 나쁠 게 하나 없응께, 알어들었냐? 이따가 시 쓰는데 다 도움이 되는 밑천이다.

시인 이상도 건축과 나와서 총독부 기사 허다가 훌륭헌 시 쓰지 안 혔냐? 그렁께 학교 공부도 열심이 허고 틈틈이 시도 써 보거라.”
벽초 시인이 나직한 목소리로 자근자근 타 이른다.

벽초와 오월 시인은 오늘도 초포천이 흐르는 냇가며 비틀 배틀 그어진 논둑길을 걷는다.

쑥부쟁이, 나숭개, 달롱개, 쇠물팍, 씀바귀, 개미취, 땅두릅, 무릇, 자운영 같은 나물이름을 자상하게 챙겨준다.

초포천 냇가에 앉아 먼 산을 바라보던 벽초 시인이 곁에 서있는 상훈에게 시선을 돌린다.

“상훈이는 어차피 건축을 공부하려면 색에 대해서 알어야 쓴다. 그럴라면 그림공부도 좀 살펴보고, 그쪽 방면의 지식을 쌓아야 헌다.”

“건축설계라는 것도 역시 그림 아니냐? 그리고 시간 나는 대로 톨스토이, 괴테, 하이네, 섹스피어, 같은 대 문호들의 작품도 구해서 읽어두어라.”

남태평양의 섬 타이티로 도망간 고갱과 인도의 시성 타골과 투르게네프와 아름다운 눈을 가진 엘레나와 아라사와 서백리아와,

북쪽의시인 이 용악과 정지용과 김기림을 그 큰 목울대소리로 우렁우렁 설명해준다.

벽초 시인의 긴 이야기는 상훈에겐 참으로 신선하다. 처음 듣는 이름들이다. 아-, 고갱이란 화가가 있었고, 타이티란 섬도 있었네!

그는 오늘 새로운 세상을 만난 것이다. 눈을 초롱초롱 밝히고 그 신기한 세계에 몰입한다. 저어기 꽃을 든 엘레나가 한들한들 그를 향해 걸어온다.

상훈에게 드디어 자유가 찾아왔으나 마음은 그리 홀가분하지 않다. 아버지 사형 씨의 병고로 인한 무관심이 어깨를 짓누른다. 그리고 과수원 문맹인 어머니가 또 걱정이다.

시내에 있는 집을 노상 비워둘 수도 없다. 아직 반대미 이모의 성격도 완전히 파악한 게 아니다.

학교도 다녀야 하고 하영이의 고운 자태가 눈앞을 얼씬거린다. 더구나 객식구에게만 집을 맡겨둘 수도 없는 노릇 아닌가,

분교장 어린 시절 기계독(두부 백선)을 앓고 나서부터 싫어진 수학이 상훈을 괴롭혔다. 초, 중등에서 배우지 않은 수학공식의 시그마로부터 시작하여 미적분까지 대입 하어야 하는 '구조 역학'은 참으로 난감하다.

건축물의 하중과 지내력 등을 계산하여 건축설계를 하는 역학力學 이외 나머지 건축계획, 구조, 재료, 고대건축, 건축제도 같은 과목은 그런대로 할만 했다. 언제나 학급의 석차가 5등 이내로는 돈다.

국어선생은 이제 막 문단에 발을 들인 새내기시인이다. 게오르규의 이십오시와 사르트르와 실존주의와 노천명과 최정희와 파인 김동환과 이상의 오감도와 청록파시인들을 가르쳐준 눌변의 젊은 시인이다.

대학을 갓 나온 젊은 국어선생은 문학에 관한 새롭고 싱그러운 지식을 그에

게 안겨주었다. 전공과목시간에 느끼지 못한 배움의 희열을 만끽한다.

시인은 교장을 설득하여 학교교지를 창간한다. 상훈도 거기 참여한다. 선생의 배려로 하여 시내 고등학교문예부 학생들의 시화전에도 출품한다.

하영은 중학교 때부터 그려오던 미술작업을 계속한다. 이제 고등학생으로는 어지간한 수준에 올랐다.

전국학생미술대회 같은 곳에 출품도 하고 사생대회에 참가도 하여 등수 안에 들기도 한다.

벌써부터 서울대학교 미술대학에 진학할 꿈에 부풀어있다. 어쩌면 그 때쯤 아버지와 오빠가 G석유회사의 서울 본사로 옮긴다는 말이 오가기 때문이다.

친구 애숙이와 덕진 왕릉으로 놀러간다는 핑계로 어머니허락을 받은 그녀가 학생복 아닌 검정바지에 흰 불라우스 차림으로 나폴리 문을 열고 들어선다.

먼저와 기다리던 상훈의 얼굴에 반가움이 가득히 번진다. 그는 그녀가 앉을 새도 없이 홀에 들어서는 그녀를 시간이 없다며 손을 잡고 나간다.

모처럼의 일요일 틈을 내어 시외로 놀러가는 게다. 송광사를 거쳐 위봉사와 위봉폭포로 구경 가자고 약속한 날이다.

며칠 전 미공보관에서 개최한 시내 남녀고등학교 문예반 학생들의 시화전 때 다른 학생의 눈을 피해 슬쩍 손에다 쪽지를 쥐어줬었다.

그녀와의 왕래를 어느 정도 인정했던 마님이었지만, 남편 사형을 잡아다 병신 천치를 만든 다음부터는 태도가 완전히 달라져버렸다.

"상훈아, 인자는 아무래도 안 되겠다. 그 강가 놈 딸년 허고 사귀는 것 고만

뒤야 쓰것다. 니가 알다시피 느 아버지 저렇코롬 빙신 맨들어 논 강가라먼 이가 닥닥 갈리고 치가 떨린다."

눈을 똑바로 뜨고 입술을 지그시 앙다문 여인의 몸에선 시퍼런 독기가 입김처럼 새나온다.

그는 다소곳이 앉아 평소와 전혀 달리 표독스럽게 변모한 어머니얼굴을 쳐다보는 수밖에 없다. 그로서도 뭐라 변명할 말이 없는 것이다.

"너, 앞으로는 절대로 갸를 만나서는 안 된다. 알어들었냐? 허는 수 없이 나도 느그 아버지 뜻을 따라야 헐 행편잉 께로 그리 알어야 쓰것다."

"시상의나, 어찌 그리 쇠심줄보담 더 질긴 인간들이 있다냐? 인자 강가라먼 넌덜머리가나고 닭살이 돋는다.

그런 딸년을 니가 만나야? 어림 반 푼어치도 없는 소링께 후딱 단념 허거라."

그 뒤로부터 상훈의 집도 경계가 심해졌다. 마님의 특별지령을 받은 이모와 위봉아줌마 은실이 이모 딸 정선이 까지 모두가 감시원이 된다.

시화전에도 그의 시에 하영이 그림을 그렸으나 이름을 강 바다라는 가명으로 그려서 출품했다.

먼저처럼 집안사람에게 들킬까봐, 여학교미술교사의 허락 하에 그렇게 조치한 거다. 그 이유 때문에 시내에서 얼쩡거리는 두 사람의 모습을 빨리 감추기 위하여 상훈이 그렇게 서두른 거다.

진안 무주 장수 가는 차가 두어 시간에 한 번씩씩 밖엔 없다. 탈탈거리는 버스를 타고 한 시간쯤 뒤 소양 마수교에서 내린다.

다리를 끊어 적의 수송로를 차단하기 위해 미군비행기폭격으로 다리가 파괴되어 차가 다리 아래로 다닌다.

36

- 바위 -

바람은 아무리 기를 써 봐도
바위의 무게를 달지 못한다

하늘이 가늠 하다가 팽겨서
그냥 제자리에 주저앉혀놓은 것을

어찌 감히 내가
바위를 탓하겠는가,

당신 마음 가늠 못한
숱한 세월

바위처럼 끄덕 않는
당신 무게의 무심을.

송광사 가는 길로 막 접어들면 왼편 산그늘에 외딴 토담집 한 채가 납작 엎드려 있다.

방 하나, 부엌 하나, 두 칸짜리 토담집엔 예쁜 소녀가 늙은 아버지와 단둘이 산다.

어릴 때 얼굴이 예뻐서 이름을 이쁜이라 지었는데, 소양국민학교에 입학해 보니 성씨가 안 씨라 안 이쁜이가 되었다.

그 집 앞을 지나는 아이들이 이쁜이를 놀려댈 셈으로,

"안 이쁜아 - 안 이쁜아 -."

하고 외장을 친다. 콧구멍만한 유리조각을 붙인 토담집의 끈 달린 봉창 문을 밖으로 덜컥 연 늙은 아버지가,

"왜, 그려. 이놈들아 -."
눈을 부라리며 고함을 내 지른다. 아이들이 깔깔 웃는다. 그 재미로 오고 가며 아이들은 안 이쁜이를 불러댄다.

어디에 쳐 박혀 있는지 이쁜이는 그림자도 보이지 않는다. 토담집은 다시 교교한 적막에 잠든다.

일주문을 지나 천왕문인 사천왕문을 열고 들어선다.
"아이고머니! 엄마야!"
기겁을 하고 한 발 뒤로 물러선 하영의 짧은 비명이다.

동쪽의 지국천왕이 보검을 들고, 붉은 관을 쓴 서쪽의 광목천왕이 삼지창을 쳐들고 그녀 앞으로 우르르 달려들었기 때문이다.

도르래를 달아 문을 밀면 레일을 타고 앞으로 나오도록 만든 장치다,

수미산을 지키던 사천왕을 절의 신성함을 이르기 위하여 출입구에 모셨다.

사악함과 악귀를 내쫓는 역할이다. 그 무서운 풍채로 우르르 달려든 퉁방울 눈에 놀란 여인이 낙태를 하였다고도 한다.

전란을 치른 사찰치고는 비교적 보존상태가 양호한 편이다, 노스님의 각별한 관리 덕일 게다.

공양이나 불공을 드리러 오는 사람의 기척이 전혀 없다. 나간 집 같이 교교하다.

햇볕이 오빠시벌떼처럼 따갑게 쏘아대는 한낮, 하양 가제손수건으로 눈물을 찍으며 흰 저고리 검정치마 처녀선생이 울며 간다.

독립군 나간 아버지 어머니는 만주벌판 싱안링 산맥이라던가 북간도 어디쯤에서 전사하고, 홀로 길러주신 늙은 할아버지 주지스님 때문이다.

신도는 고사하고 개미새끼 모기 한 마리 오지 않는 교교한 절간에 두고 가는 게 안타까워 차마 발걸음이 떨어지지 않아서 손녀는 저리 슬피 울며 간다.

김제 어느 시골학교 선생이라는 손녀가 할아버지 잡술 것과 갈아입을 옷가지를 준비해 가지고 온다.

몇 주마다 한 번씩 다녀가면서 불쌍한 할아버지 생각에 사십 리 자갈길이 눈물에 범벅이 되도록 저리 울고 간다.

건물 앞에 보리수나무가 서있는 웅장한 대웅전에 모신 부처가 참으로 크다. 만수향냄새가 배인 본전 안은 서늘하다. 탱화의 색채도 확연히 살아있다.

십자각 옆 요사 채에 누었는지 주지스님은 나와 보지도 않는다. 오백 나한이 줄지어 앉은 나한전에서 하영과 그의 짝을 맞추어보며 흔쾌히 웃는다.

시장기가 든다. 대웅전 뒤뜰 부도가 선 잔디밭에서 하영이 싸가지고 온 김밥으로 점심을 때운다. 위봉을 다녀오려면 시간이 없다. 길을 서둔다.

그들은 위봉 산성으로 오르는 가파른 오솔길을 버리고 길 아래 흐르는 계곡을 타고 기어오른다.

이끼 낀 바위와, 돌돌돌 흐르는 골짜기 물과, 휘어지고 뒤틀린 기기묘묘한 잡목들이 어우러져 환상적인 풍치를 이룬다.

눈이 휘둥그러지게 황홀한 경관에 빠져 넘어지고 미끄러지며 오르느라 비탈길로 오른 것 보담 성문 앞까지 이르는 시간을 많이 까먹었다.

자연석으로 축조된 성벽은 그런대로 보존되어 있으나 성문은 허물어져 무너지고 문짝 없는 아취만 남아 썰렁하니 을씨년스러웠다.

왜가 조선을 합병하고 대륙진출의 흉심을 품어 조선과 만주의 지도를 만드는 작업에 착수한다,

1911년 사정지적도査定地籍圖와 토지대장 제작의 첫걸음으로 경상도 마산부 외서면에서부터 삼각측량을 시작하여 나간다.

도리모찌를 쓰고 당꼬바지차림에 지까다비를 신은 쪽발이 측량기사가 요상한 기계를 메고, 긴 칼을 찬 사람들과 함께 그 비탈길을 걸어 드디어 전라도 위봉 산성 날망까지 올라온다.

왜놈을 처음 본 산성 무지렁이 산골 촌사람들은 무서워서 감히 쳐다볼 엄두도 못 낸다. 문틈이나 울타리 돌담 틈새로 숨어서볼 뿐이다.

만약에 땅 임자가 내가 땅주인이라고 나서는 사람은 잡아간다는 헛소문에

기가 팍 죽은 성 참봉城 參奉인 상훈의 외조부는 지주냐고 묻는 통역에게 아니라고 대답한다.

"내 것이 아니 고만요! 예 -, 지 것이 아니 라우."
토지주인을 묻는 통역에게 내 것이 아니라고 고추 따먹은 여우대가리 흔들듯 두 손을 쌀쌀 내둘러 임야와 전답의 소유권을 모두 부인한다.

아무리 좁은 아낙네의 소견이지만 기막히고 억울한 참봉마님이, 며칠을 걸려 측량을 마치고 돌아가는 일행을 서문 앞까지 헐레벌떡 뒤쫓아 간다.
"날 보쇼. 거그 선상님들 -, 날 좀 봐요오 - ."
손을 앞으로 연신 까불어서 쳐 부르며 악을 쓰는 그녀에게 콧수염을 기르고 늙스구레한 통역이 뒤돌아본다.

"할머니 어찌 그런디요? 우리 숙박비 다 주었는디, 뭣, 남은 게 있간디요?"
숙박을 부쳐 먹던 개똥이네 집 안노인과 착각을 하고 묻는다.
"아, 아니. 그것이 그런께 그게 아니라요. 저 거시기 멋이냐 허면요. 저산이 모다 우리 것이지 라우."

죽기 아니면 살기로, 왜놈에게 붙잡혀 갈 작심을 단단히 한 참봉부인이다. 설만들 나이든 여자를 죽이기야 하겠는가 하는 뱃심이다.

"예? 어떤 것이 말이요?"
눈을 크게 뜬 통역이 의아하게 여겼는지 고개를 갸웃 뚱하더니 왜놈과 뭐라고 왜말로 주고받는다.

얼마를 쑥덕거리더니,
"할머니네 땅이 어떤 거여? 아, 진즉에 측량 헐 때 말 헐 것이지."
하고 퉁명스럽게 묻는다.

"아, 예. 저어기 저것, 저것, 저것, 저것이 우리 것이 고만요."

급한 김에 그녀가 서서 보이는 몇 산봉우리와 손바닥만 한 논밭뙈기를 가리킨다. 왜놈들이 의외로 순순히 고개를 까딱거리며 그대로 적어갔다.

나머지 빼앗긴 산들은 일본 큐슈제국대학 연습림이 되거나 국유림이 되어버린다.

엄밀히 따지면 거기 모든 게 이왕가재산으로 국가소유인 게다. 단지 성 참봉 직책으로 그걸 관리 할 뿐이었는데,

무지한 사람들이 그걸 자기소유 인양 인지하여 세습되었고, 성내 주민들도 역시 그러려니 인정하여 온 것이다.

알탕갈탕해서 겨우 건져놓은 그 산마저 아들 사위 놈이 풍신 난 정치판에 홀라당 날려버렸다.

속이 뒤집혀 가슴애피가 도진 외조모는 그날부터 쓰럭초 담배를 뻐끔뻐끔 피우기 시작한다.

오솔길을 버리고 계곡을 타고 오른 상훈과 하영은 숨이 차고 다리도 아프다. 무너진 성문을 지나 고개 마루에 앉아 쉰다. 조금 트인 곳에 손바닥만 한 고원 지대가 눈에 들어온다.

삼면이 높은 산으로 산성의 북과 서는 돌로 성벽을 쌓았다. 남쪽은 성벽이 무너졌는지 그냥 산으로 이어졌다.

동편은 폭포가 흘러내리는 절벽이어서 천혜의 방어진지로 알맞은 조건이다.

조선조 숙종 때 헐벗은 백성들의 피땀을 쥐어짜 16KM의 성곽을 7년 공사 끝에 축조되었다. 3개 성문 중 무너진 서문만 그 흔적이 남았을 뿐이다.

성안엔 전쟁으로 스님과 신도가 없는 황폐된 위봉사 절간과, 산성대궐자리와, 무기 만들던 대장간 터엔 키를 재는 시누대 서걱거리는 적막이 안개처럼 깔린다.

국가재난 시 전주 경기전에 모신 태조 이성계의 어진을 남고산성으로 옮겨 놓는다.

더 위급해지면 위봉 산성으로 파천하였다. 동학혁명 때 어진과 위패를 파천하여 위기를 모면하였다.

조선국 태조의 어진과 위패를 모시는 건물이기에 행궁의 대궐이라 명명하였고 성 참봉과 천여 명의 산성군사를 주둔시켰다.

성안을 한참동안 감회 젖은 눈으로 그윽이 내려다보던 상훈이 여기가 옛날 내 외가마을이고 우리 어머니 고향이라 한다.

광복 전까지만 해도 전주 북문 안에 생존했던 허연 수염을 길게 기른 풍채 좋은 외조부가 왜놈에게 쫓겨난 조선조 마지막 산성참봉이었단다.

그게 사실일까? 처음 듣는 말에 반신반의 뜨악한 얼굴로 그녀가 쳐다본다. 눈치를 챈 그가 위봉 산성에 관한 이야기를 조곤조곤 설명을 시작한다.

37

- 그믐 -

가난한 누이가
소박맞고 쫓겨 와

흙 토방 위
귀뚜리소리로

오돌 오돌 떨고 서있는
그믐날 저녁

손이 튼 누이처럼
초겨울 바람소리가

가슴에 한을
후두두 심어야.

모진 세월에 무너진 성벽 틈새와 쑥대밭이 된 무기고자리하며 온산에 진달래꽃이 흐드러졌다. 장끼 한 마리 푸드득 건너 산으로 날아간다.

연진달래 참 진달래 개진달래 꽃이 철철이 피는 산성 진달래꽃 속으로 들어간다. 자빠진 조선을 안고 야물게 허물어진 성곽이 누워 잔다.

그 옛날, 저 가파른 비탈길을 기어 올라와 하안거에 든 수많은 고승들의 깊은 염불소리가 하늘 끝을 차고 오른다. 추녀 높이 쳐든 위봉사 대웅전 절간도 멀리 보인다.

자욱이 봄맛 든 진달래꽃 사이사이 앉혀놓은 가난한 시골집이 몇 채 새금새금 졸린다. 전라감영이 함락되면 태조 이성계 어진을 파천시켜 봉안했다는 대궐은 왜놈이 들어와 제일 첫 들방거리로 쳐 부셔 사흘 밤낮을 태웠다.

성을 지키던 외조부 성 참봉이 살던 외갓집 헐린 자리는 흩어진 기왓장 한 쪼가리 흔적도 찾을 수 없다.

아들을 생산 못해 소박맞고 쫓겨나 성벽남문가에 홀로 살던 참봉 본처 참봉댁, 큰할머니 집터엔 피눈물 서리운 때깔로 진달래꽃만 봄날을 가득히 운다.

임진년 난리 때 시누대 꺾어 화살 만들던 병기창자리 밑으로 물비린내 풍기는 여인의 아랫것이 폭포가 되고,

그 위로 도톰하게 돋은 잡나무 등성이가 감씨 쯤 될 거라며, 낯꽃 하나 변함 없이 귓뜸 하던 여자의 초가도 저기 서운한 듯 토라져 엎어져 있는 곳,

그곳은 상훈을 만든 모든 세포와 질서들이 삼신할머니 점지 할 때의 원색적 옷을 입은 그대로 진달래꽃숲 속에서 눈뜨고 거기 촘촘히 모여 있는 곳이다.

저 천길 위봉폭포 쏟아진 수억 년을 송두리 채 떠다가 아랫도리 만들고 꽃 붉은 입술에 화사한 웃음 머금은 진달래꽃 눈짓으로 윗도리 입은 어머니가 저 어기 걸어온다.

그 어머니의 폭포 속에서 미어져 나온 상훈이 보인다.

앞산 뒷산 낙낙 장송, 푸른 조선소나무 찍어다가 그의 허리뼈 갈빗대 사지

뼈다귀 조립했다.

천년 사찰 위봉사 새벽종소리 모아다가 정신과 영혼과 마음과 사랑을 다독거려 이뤄냈다.

흐드러진 진달래꽃술에 앉아 우는 산새소리 몇 모금 떠다 버무려, 눈, 코, 입, 붙은 면상을 그렸다. 자빠져 누운 성곽 이끼 푸른 틈새를 타고 넘는 바람 한 점, 참나무 전나무, 고로쇠나무, 옻나무, 도토리나무, 낙엽송나무 한 가지 가지마다,

나숭개 싸랑부리, 고들빼기, 불미나리 수리 취, 위봉폭포 소피보는 거웃까지도 모두 그를 만들어준 피붙이다.

이제는 진달래꽃 속으로 꽃 속으로만 하염없이 걸어 들어가면 무던히 포근하겠지만,

그를 만들어준 저 청순한 영혼들, 제 몸 나누어 날 형성해준 수많은 가슴들에게 그의 살비듬과 뼈다귀와 영혼을 조금이라도 나누어 묻어놓고 싶다.

아-, 얼마나 섭섭하고 야속 하였겠는가?

그렇다. 꽃 속으로, 꽃 속으로, 연달래꽃이랑 진달래꽃에 파묻혀 한나절 눈 감으면 애초에 그를 만들어준 영혼들과 그의 핏줄이 이어져 피가 흐를 게다.

육신은 연리지로 한살이 되어 그는 간 곳 없고, 사타구니 골짜기에 폭포가 쏟아져 내리는 위봉폭포로 서 있을 거야,

천 길 낭떠러지 아래로 내려간 세월은 땡땡이넝쿨이 뼘 가웃이나 기어오르는 날쯤 되어야 다시 조우 할 수 있을 것인가, 눈물이 난다.

아직 함박으로 쏟아 붓는 별들은 나오지 않았다.

긴- 이야기를 끝낸 상훈이 마른 입술을 적시며 그녀를 일으켜 위봉사 절간으로 향한다.

빨치산과 경찰과 의경이 교대로 번갈아 은신하던 사찰은 나간 집이다. 스님들은 모두 떠나고 휑뎅그레 빈 절간은 참으로 을씨년스럽다.

하긴 이 몹쓸 전쟁 통에 숱한 사찰들이 화마에 소실되었는데 이렇게라도 남아준 것이 얼마나 감사한 일인가,

정전인 보광명전과 나한전 삼신각이 꺼칠하게 서있다. 관세음보살을 주불로 된 관음전과 두 건물이 붙은 요사채엔 중도 아닌 늙은 내외가 기거할 뿐 적막하다.

멧새 한 마리 와서 울지 않는다.

오백년 묵은 소나무 앞에 장난삼아 쏘아댄 총탄에 맞아 쪼개진 삼층석탑이 우스꽝스러운 허깨비마냥 수척하게 서있다.

나한전을 돌아 나온 그들이 폭포 가는 길로 접어든다. 추졸산 끝자락에 고승들의 부도가 초초하게 서있다.

부도 앞을 걸으며 상훈이 이제는 폭포에 얽힌 이야기를 꺼낸다. 호기심 돋은 하영이 다소곳이 듣는다.

산성 큰 애기 상훈어머니는 열아홉에 시집와 스물에 쌈 줄을 문 앞에 걸었다.

큰 물난리가 나던 그해 여름, 상훈아버지가 낚은 봄은 어머니였다.

명주실꾸리가 서너 개 다 풀려도 끝이 닿지 않는다는 위봉폭포 깊고 캄캄한 용소에다, 추졸산 호랭이 한 마리 미끼로 끼워 찌 없는 낚시를 드리우고 늘어지게 젊은 꿈을 꾸었다.

천년을 뒤척이며 어둠 한 사발 침묵 한 대접 화두 한 접시 차려놓고 하늘 오를 날만을 고대한 이무기가,

조선 태조 이성계 귀신을 지키던 위봉 산성 성 참봉 둘째 딸로 둔갑하였다. 유화 부인이 해모수 사추리 물듯 호랭이 미끼를 덥석 물고 올라와 어머니가 되었다.

상훈아버지의 뱃대 치는 낚싯대 꼬임에 시절을 잘못 읽고 낚여온 어머니는 줄줄이 계집질한 죄 갚음을 당해, 바보 천치가 되어버린 남편 때문에 평생을 빨갱이 여편네가 되었다.

그것도 용 못된 이무기의 업이려니 여긴다. 날름거리던 이무기의 갈라진 혓바닥 감촉과, 여의주가 아직 덜 여물어 용오름 못한 슬픈 운명을 감내하여 그 응어리를 삭히며 산다.

이무기가 없는 폭포가 찌질찌질 내린다. 위봉 산성 사십 리 성터에는 그의 어머니 젖꽃판 색깔 닮은 진달래꽃만 진달래꽃 만 피는 봄날이 온다.

새들도 봄날의 속살처럼 희죽 희죽 웃다가 여린 바람결에도 꽃 이파리 흐느끼는 그의 어머니 울음소리로 지저귀기 시작 한다.

참말로 미치고 환장하게 꽃물결 펼쳐진 위봉 산성 진달래꽃은 이무기가 울다만 용틀임 눈물 색깔로 봄날을 울고 자빠진 거다.

천치가 되어버린 아버지와 크나큰 과수원의 무게에 짓눌린 어머니 피눈물 색으로 이봄을 울고 있는 거라며 상훈이 말을 마친다.

그녀의 손을 잡고 비탈진 폭포를 내려가는 길에 들어선다. 갑작스런 인기척에 놀란 장끼 한 마리가 수만리 쪽 솔푸덩 속으로 날아간다.

비말을 날리며 떨어지는 폭포소리를 벗어나 언덕에 오른다. 상훈이 위봉폭포에 대하여 쓴 제 자작시 한편을 낭송한다.

귀를 쫑긋 연 그녀가 경이로운 눈으로 그의 입을 쳐다본다.

- 위봉폭포 -

쏟아져 내리는 물방울은
소리로 환생하여 구천을 감돌고

겨울 폭포 거웃 가에
하얀 고드름만 가붓이 돋아 있네

부처님 수염같이 도르르 말린
댕댕이넝쿨 끝 바람에

어리석은 이승 하나 눈길 한 번 주는 것은
저 흐르는 물소리 안에 찰나가 이어져 꽃피운

해탈의 경지인 뜻이겠거니와

나는 언제쯤 순리로 깨달아지려나.
소한 너머 동천冬天에 붙어
항상 제 높이만큼 외우는

저런 설법 한 줄기 가슴에 묻고
평생을 살 수 있다면

시누 대 푸른 잎에 바람 가듯이
눈에 보인 소리 한 마당 짚어 볼 것을

이 고개 넘나든 동상 골 순한 사람들
가슴마다 묻어둔 소리로 마름하여

순한 이치로 넉넉하게 사는 법을
내 어이 깨닫지 못하고 살아왔을까.

나직한 목소리의 시 낭송이 끝났다. 그녀가 작고 고운 손으로 짝짝짝 박수를 친다.

그가 멋 적은 색깔로 맨머리를 쓰다듬는다. 저 아래 골짜기의 폭포소리가 멀리 들릴 뿐 고요하다.

멀고 가까운 산들이 박하분을 꺼내어 화장을 하는지 철늦은 산 벚꽃이 화사하다. 전투복장을 한 의경이 고개를 오른다. 쑥꾹새 울음이 메아리쳐 뒤 따른다.

하영은 어느덧 위봉산성 연달래로 물들어 얼굴 가슴 허리까지 발그스름 고운 색깔로 물든다.

한들한들 나부끼듯 오솔길을 내려가고 있다. 상훈은 문득 그녀에게서 어머니냄새를 맡는다.

위봉사와 폭포에서 너무 충그린 탓에 봄날 긴긴 해도 얼마 남지 않았다. 막차시간을 대어가려면 부지런히 하산을 해야 한다.

상훈의 빠른 걸음을 따라 산을 내려왔을 때는 그녀의 연달래 보조개가 참 진달래꽃으로 짙어져 쌔근거린다.

38

- 쑥국 -

팍팍한 하루해를
쑥국으로 말아서

탕 슨 콩깻묵보담
더 시퍼런 목숨 줄 감아

봄, 노근한 햇살
시장한 하루는 아득히 길다

삼월 하늘 눈썹에
쑥꾹 쑥꾹, 쑥꾹새가

쑥국 그릇에 앉아
식은 울음을 운다.

저희들 해방구로 선언하고 세금까지 징수하며 복흥, 쌍치, 구림, 월정에 활거 하던 회문산 전북도당과 덕유 운장 장안산 등지에서,

지리산으로 합류한 빨치산 부대, 남부군총사령관 이 현상이 사살되고 공비 토벌이 끝나간다.

공비가 출몰하던 산간지방이 거의 수복되었다, 산사람들을 피해 소개되었던

산간 부 주민들도 하나 둘 폐허가 된 고향으로 돌아간다.

하늘은 온갖 자양분이 가득한 햇살을 흠뻑 내려주고, 세월은 예와 같이 빠르게 흘렀다. 그러나 전쟁의 상흔이 워낙 깊어 좀처럼 회복하기 어려운 실정이다.

그런데도 상훈과 하영의 젊음은 자라난다. 이학년을 거쳐 삼학년 졸업반에 올라 대학교 시험공부에 몰두한다.

호사다마인가, 그들의 순탄한 일상에 시기심이 발작한다. 운명은 그들에게 또다시 가혹한 시련을 안긴다.

상훈부친 한 사형이 그 부실한 육신과 정신의 몸으로 경찰서에 또 잡혀간다.

사형의 바로 손아랫동서 김 재갑의 아들 상철이가 강부자의 석유창고에 불을 질러 전소시켰다. 사형이 방화를 사주했다는 죄목이다.

소양 시골에서 남의 논밭 몇 떼기를 소작하며 곤궁하게 사는 걸, 과수원에 와서 벌어먹고 살라고 마님이 주선했다.

과수원 밖 큰길 가 오두막에 이주시킨 사형의 동서 아들이 상철이다.

시내에서 자동차조수로 따라다니는 상철이 자동차기름 값 문제로 석유가계 종업원과 옥신각신 다투다가 싸움이 붙었다.

주먹이 약한 그가 얻어맞은 분풀이로 석유창고에 방화를 한 거다.

시내의 소방차가 죄 동원되어 진화작업에 나섰다. 기름 타는 매연과 충천하는 화광과 드럼통 터지는 폭발에 소방관들도 감히 접근치 못해 진화가 어렵다.

강 부자가 재산을 처분하고 전주로 솔가할 때 헐값으로 넘기고 간 과부 집을 그 댁에서 심부름하던 강 순자네가 매입했다.

순자애비가 강부자의 재종숙부 쯤 되는 처지라 흉가를 그냥 거저 주다시피 한 거다. 불났다는 소식을 들은 순자가 쪼르르 강 부자 집으로 달려간다. 죽은 주인 앙갚음을 작정하고 간다.

창고에 불을 지른 상철이가 과수원 한 사형의 처제 아들이다. 어제저녁 어둑어둑할 무렵 상철이 놈이 과수원으로 들어가는 걸 내가 보았다. 사형이 사주한 게 틀림없다고 쏘삭거린다.

화재사건으로 속이 뒤집힌 하영오라비 강 재근이 경찰서 강 성근 형사 아우를 찾아간다.

이번 불은 과수원 한 사형이 너에게 맞은 앙심을 품고 처조카를 시켜 불을 지르도록 사주한 거다.

차제에 그놈을 잡아다가 박살을 내어 원수를 갚자고 모의를 한다. 옛날 경찰서장은 타지로 전근가고 없다.

농가의 초여름 모내기철엔 고양이 손도 빌린다고 한다. 그렇게 바쁘다지만 과수원의 가을은 참으로 바쁘다. 여름에 비할 바 아니다.

어린애 머리통만 과일이 나뭇가지가 찢어지게 매달려 노오랗게 익은 배와, 진홍색 붉은 때깔을 자랑하며 매달린 능금을 따서 창고에 저장하는 작업이 가을 과수원의 가장 큰 일이다.

과수원 앞뒤 논배미의 나락을 거둬야하고 밭곡식도 추수하여 갈무리해야한다. 열 접이 넘는 김장김치를 담가야하고 마늘 고추 등속의 양념 채마 밭도 챙기고, 참깨 들깨도 베어다가 털어야한다.

이토록 눈 코 뜰 새 없이 바쁜 와중에 주인이 잡혀갔다. 비록 우울증한자로 병신이 되었을망정 엄연한 주인이다.

할머니와 마님을 비롯한 온 식구가 비탄에 빠진다. 한두 번도 아니고 또다시 당한 일에 넋이 나간 마님은 집사를 친정동생 허 봉택에게 보낸다.

신통한 대답이 없다, 망연자실하고 앉았는데, 아버지소식을 들은 상훈이 한 걸음에 달려온다.

사람이 죽으란 법은 없다. 상훈의 학교 반 친구 정남구아버지가 한 달포 전에 이리경찰서에서 전주 수사과장으로 전근 왔다는 말을 들은 것 같다.

그는 마님에게 친구 이야기를 한 뒤, 집사의 자전거로 달려 정남구를 찾아가 부탁한다. 강 씨네 과부사건부터 지나온 이야기를 소상하게 설명한다.

"그렇께, 느 아버지가 고문 때미 시방 암 것도 모르신단 말이여?"

"그려, 글쎄 그렇다니까, 우울증환자가 되어 버려서 방화 사주는커녕 사람도 몰라보는 천치 병신이 어떻게 불을 지르라고 사주하겠냐?"
"진짜로 사람을 잘 몰라봐야?"

"그, 수사과 강 형사란 놈이 바로 강부자 조카여, 그놈이 저번에 아버지를 아주 병신을 만들어놓고 이번에 또 잡아갔단 말야,

그러니까 네가 아버님에게 내가 한 이야기를 상세하게 말씀드리고 이건 순

전히 강 씨 집안의 복수심에 의한 모략이니, 우리아버지 좀 빨리 풀어주시라고 간곡히 여쭤야겠다."

"그래, 알았다. 오늘 저녁 아버지 들어오시면 내가 한 번 졸라볼게, 그런디 내가 장담은 못헌다.

내 힘껏은 혀 볼텅게 그리 알고 가봐, 그나저나 느 어머님께서 심려가 크시것다. 니가 잘 위로혀 디려라."

진심으로 마음에서 우러나오는 걱정이다. 그들의 깊은 우정의 색깔은 밝고 따뜻한 색이다. 어느새 짧은 가을해가 진다. 그는 먼지 나는 자갈길을 자전거를 탈탈거리며 과수원에 도착한다. 공동묘지가 무서울 시각은 아직 이르다.

저녁끼니도 거르고 아들을 기다리던 마님이 그가 앉기도 전에 다급하게 묻는다.
"친구는 만나봤냐? 뭐라고 허대? 어떻게 되얏어?"
연거푸 다그쳐 묻는다. 그리고 그의 입을 쳐다본다. 애타게 궁금한 거다.

"예, 만났습니다. 만나가지고 제가 그간의 사정을 상세히 설명했습니다. 그랬더니 자기아버지에게 힘껏 졸라보겠다고 했는데요. 장담은 못한다고 하데요."

"그거야 그럴 터지, 지가 어떻게 장담을 허것냐, 너 나하고 니얄 아침 새벽에 그 양반을 만나러가자."

"예? 어머니가 가셔서 어떻게 하실라 고요?"
뜻밖의 말에 의아해진 상훈이 마루에 선 마님을 올려다보며 묻는다.

"너, 가고 난 뒤에 내가 이마무라今村秋배 큰 걸로 세 상자허고 돈 쪼깨 싸놓았다.

아무리 생각혀 봐도, 니, 친구아버지라지만 그 양반도 순산디, 그냥 맨입으로야 되것냐?"

이승만 자유당정권이 만든 황금만능 세상이 마님의 사고력을 그렇게 교화시킨 것이다.

세상 모든 세태가 돈과 권력과 백이면 모두 통한다는 이치를 터득한 소치다. 참으로 썩을 대로 썩은 시대를 걸어가고 있는 거다.

말 구루마에 배 상자를 싣고 수사과장 집에 신 새벽에 도착한다. 졸린 눈을 부비며 입에 가득 하품을 물고 나온 식모가 대문을 열어준다.

"과장님, 손님이 찾아오셨시유 -. "
대문을 열어주고 들어간 식모가 안방에다 대고 고함을 친다. 정 남구는 아직도 잠을 자는지 기척이 없다. 안방 문을 드르륵 열고 수사과장인 듯한 중년남자가 나온다.
"손님, 오셨다고?"
마루를 내려와 흰 고무신을 신는다.

"아-, 어찌 오셨습니까?"
잠옷 바람의 과장이 손님을 위아래로 훑어보며 묻는다. 역시 오랜 경찰생활에 잠재된 습성이 자기도 모르게 발동하는 거다.

상훈이 앞으로 나서며 대답한다.
"저어, 남구아버님 되시죠? 제가 정 남구와 같은 반 친구 한 상훈입니다. 아버님 처음 뵙겠습니다."

공손히 허리를 굽혀 인사를 한다. 그리고 곁에 선 마님을 소개한다.

"이분은 저희 어머님이십니다."

"아-, 그러십니까. 제가 남구애빕니다. 추운데 어서 안으로 들어오시지요. 바깥바람이 찹니다."
안방으로 그들을 인도한다. 안방에는 어느새 이부자리를 정리하고, 자개농 앞 장판바닥에 보료를 깔아놓은 부인이 조신하게 맞는다.

"어머님 안녕하세요? 남구 친구 한 상훈입니다. 저희 어머님 모시고 왔습니다."
부인에게 상훈이 깍듯이 인사를 한다.

"오-, 그래. 니가 우리 남구 친구 상훈이로구나. 공부를 잘 헌다며, 우리 남구 녀석 좀 잘 돌봐주어라."

상훈의 어깨를 가볍게 두어 번 토닥거려준다. 눈 가에 잔잔한 주름 잡힌 웃음꽃이 살짝 피었다.

"어머님도 참 별말씀을 다 하시네요. 오히려 제가 남구 도움을 받는 데요. 뭘."
그가 멋쩍은 듯 대답을 한다.

수사과장은 후리후리하니 큰 키다. 아마 일 미터 칠십오쯤 되는 것 같다. 운동선수마냥 어깨가 딱 벌어지고 콧날이 오똑 선 미남형 얼굴이다.

남구가 저희 부모를 닮아 인물이 좋은가보다. 어머니 외모도 곱상하니 자상한 성품이 배어나는 얼굴이다.

상훈 모자가 자리에 앉자 과장이 입을 뗀다.
"저어기. 어제저녁에 제 자식 놈 한태 자세한 말씀을 들었습니다. 부인께서 심려가 크시겠습니다.

제가 오늘 출근하여 사건의 내막을 알아보고 가급적이면 빨리 조치토록 할 작정이니까, 부인께서는 과히 걱정 마시고 돌아가 계시지요."

말을 마치고나서 상훈을 바라본다.

"너, 이름이 상훈이랬지? 이 녀석아, 빨리 밥 먹고 학교 가야지, 우리 남구 놈 잘 부탁한다. 가만있자, 너, 그렇게 아니라 아예 여기서 남구랑 함께 아침 먹고 학교 가거라. 언제 과수원까지 갔다 오겠냐?"

친구아버지로서의 배려다. 참 따뜻한 성품을 가진 순사도 더러 있구나! 하고 마님이 생각한다. 저런 심성을 가진 사람이면 어느 정도 마음을 놓아도 좋을 것 같은 내심이 든다.

"아버님 참으로 고맙습니다. 그런데 시방은 과수원에 안가고 시내 집에 가서 책가방을 챙겨 등교하렵니다. 아침 먹으나 진배없이 감사합니다."

상훈이 극구 사양하고 자리에서 일어선다.

방에서 늦게 나온 마님이 남구어머니에게 돈 보퉁이를 살며시 쥐어준다.
"이런 거 받은 걸 저 양반이 알면 저 혼나요."

살그머니 밀어내며 거절하는 부인에게,
"황망 중에 급히 오느라 얼마 되지 않아서 약소헙니다. 제 성의로 아시고 그냥 받어 주시지요. 변변치 못혀서 대단히 죄송헙니다. 남구어머님."

"아이고, 상훈어머님. 그냥 오시면 어때서요. 우리 남구 친구아버님 일인데, 무엇하러 비싼 배까지 세 상자나 가져오셨어요? 염치 무릅쓰고 감사히 잘 받겠습니다."

부인이 마님의 손을 가만히 잡는다. 대문까지 배웅을 나오며 마님의 귀에 나직이 속삭인다.

"상훈이 어머님, 과히 걱정 하지 마세요. 저도 힘껏 도와드릴 게요."

마님과 잡은 손을 힘을 주어 꼭 쥔다. 무엇인가 찌르르 전하여오는 것 같다.

예부터 베게송사의 수단이 가장 빠르고 믿음직한 경우가 더러 통하는 인간지사 아니라던가?

인사를 나누고 돌아서 나올 무렵에야 문밖에 서있던 남구가 빙긋이 웃으며 다가와 마님에게 인사를 한다.

"어머님, 저 상훈이 친구 정 남굽니다."

"오-, 니가 남구로구나. 우리 상훈이 한티 얘기 많이 들었다. 부모님 닮아서 신수가 아주 준수하구나. 니가 애써줘서 고맙다."

"우리 상훈이가 너 한티 큰 빚을 졌구나. 참으로 고맙고 감사혀. 친구들이랑 우리 과수원에 종종 놀러오너라."

"에, 어머님. 앞으로 많이 놀러갈게요."
인사를 마친 남구가 상훈을 향하여 느닷없이 화를 낸다.

"야, 인마. 상훈아. 너, 멋하러 어머님 모시고 신 새벽부터 우리 집에 쳐들어왔냐?"

"내가 어저께 내동 우리아버지한테 잘 부탁 헐텅게 걱정 말라고 혓잖혀, 그런디 꼭두새벽에 어머님 모시고 여길 와야? 그러고 올라면 기냥 올 일이지 지랄헌다고 배 상자는 시게씩이나 끌고 와 인마!"

"내가, 니 친구 맞기는 맞냐? 야, 이, 느자구없는 자식아 - ."

야무지게 쏘아붙인다. 돈 보퉁이 가져온 사실은 모르는 기색이다. 그걸 알면 몇 길이나 훌쩍 훌쩍 뛸 분위기다.

"그래 미안하다. 미안혀! 하여튼 고맙다. 이따가 학교에서 만나 이야기 하자."

쑥스러운 상훈이 어머니를 모시고 서둘러 자리를 피한다. 아무리 친구지간이지만 도움을 받는 처지의 자존심이 약간은 창피한 생각이 든다.

사람 사는 관계는 애당초 본인도 모르게 연관 지어져 설정되어 있나보다. 그것을 불가에선 인과因果라 한다.

상훈과 남구와의 같은 학교 같은 반이 연관된 우정이 한 사형과 수사과장의 관계로 까지 발전하리라 누가 짐작이나 하였겠는가,

이방원의『하여가』처럼 인간은 이리 저리 얽히고 설켜 살도록 점지된 운명의 작동에 따라 생명을 꾸려가는 숙명을 타고 난 사회적 동물이다.

수사과장의 호출에 형사계장이 불려왔다.

"과장님, 찾으셨습니까?"

"당신들 말이야, 수사를 어떻게 하는 거야? 공산당 잡아오라면 엉뚱한 놈이나 잡아들이고, 방화범 색출 하랬더니 사람도 몰라보는 병신을 잡아다놓고 말야, 어떤 새끼가 담당했어? 그 따위로 해가지고 무슨 수사를 하겠나?"

아침 출근하여 의자에 앉기도 전에 떨어지는 수사과장의 불호령이다. 백전노장인 형사계장도 수사로는 도내에서 제일 베테랑인 과장의 꼿꼿한 성품 앞

에선 속이 찔끔거린다.

"저어기. 강 형사가 데려온 모양인디, 제가 알아보고 조치하겠습니다."

"보고서 올리고 별일 아니면 빨리 돌려보내라고 해. 공연히 말썽부리지 말고."

"예, 예 알었습니다."

자리에 돌아온 형사계장의 얼굴이 칠면조처럼 붉으락푸르락 한다. 자기 소관도 아닌 일에 아침부터 상사에게 메주를 먹은 거다.

"야 -, 강 형사. 너 이리 와봐."

이제 막 사무실에 들어서는 강 형사가 심상찮은 계장의 부름에 쭈뼛쭈뼛 다가온다.

"계장님 왜 그러시는데요?"

"뭣이? 왜 그러는디요? 너, 그 과수원병신은 멋허러 데려왔냐? 야, 인마. 니가 작년에 병신 만들어놓고 또 잡아와?"

"너, 그 사람 잡아 오는디 취미 붙였냐? 이 자식아! 보고서 올리고 빨랑 내보내버려! 인마. 너 땜에 불똥이 아침부터 엉뚱한 나한테 튀었잖혀."

"이 자식아-, 허라는 수사는 안허고 쓸데없는 짓만 허고 자빠졌어, 짜식이 말야."

계장에게 호된 면박을 당한 강 형사의 심기가 부글부글 끓어오른다. 그러나 한 사형을 잡아둘 구실이 없다. 방화를 사주했다는 명확한 증거가 없다. 더구나 의식이 온전치 못한 상태의 병신이다. 어젯밤 지하실에서 군용 E E-8 야전용전화기를 돌려 전기고문을 해봤다.

천치가 된 한 사형에게선 별스런 소득이 없어 상사의 명령을 어기면서까지 잡아둘 명분이 없는 거다.

경찰서 문 앞에서 기다리는 집사에게 전갈이온 것은 점심 새때 조금 지나서다.

홀로 기동을 못하는 그를 구루마에 싣고 온다. 수사과장의 한마디에 석방이 된 거다.

이번에는 몽둥이찜질 대신 전기고문이었다. 그 후유증으로 거의 일주일동안을 밤낮으로 앓아누웠다.

식은땀을 비 오듯이 흘리며 두 손을 허공에 내두르고 헛소리를 씨부렁거린다.

기적이다. 이건 정녕 기적인 게다. 바보 천치 병신이 된 한 사형에게 기적이 일어났다. 한 일주일을 헛소리하며 죽도록 앓고 일어난 사형의 정신이 원래대로 회복된 거다.

전기고문을 받은 것이 뇌에 어떤 자극이 주어져 일어난 현상인지는 모른다. 분별력, 인지능력, 사고력들이 옛날로 돌아왔다. 추리력 또한 완전한 종전의 한 사형이다.

모두 원래의 상태로 돌아왔는데 무슨 까닭인지 과수원 경영만은 한사코 거부한다. 과수원엔 아예 발도 들여놓지 않는다. 백동리나 신기리 등 인근 부락의 사랑방으로 놀러 다니는 걸 좋아한다. 지극히 낙천적인 성격으로 변모한다.

평소에 바깥출입을 삼가던 그가 가끔씩 시내에 나간다. 친구를 불러 중국집에 앉아 고량주 몇 잔에 요리를 시켜먹거나,

극장에 가서 영화 관람도 한다. 그렇지만 과수원 일은 죽어도 나 몰라라 방치해버린다.

무엇이, 어떤 영향으로 자기 생명처럼 아끼고 사랑하던 과수원을 도외시 하는가, 풀어볼 방안이 없다.

별수 없어 마님은 몸을 빼내지 못한다. 그것도 자기숙명이라 치부한다. 바보천치를 벗어난 사형의 건강에 감사할 따름이다.

시도 소설도 자서전도 아니다. 누구처럼 대설은 더욱 못된다. 소설 흉내를
내어본 글에 시를 얼버무린 꼴의 어설픔을 엮어서 『색』이라 이름 지었다.
일제강점기시절 왜놈들의 수탈과 조선말 말살정책과 전쟁으로 인한 배
고픔과, 갖은 수모와 공출 같은 잃어버린 것들을 끄집어내어 일러주고, 이
승만자유당정권의 사회부패상황을 되새김질해보았다.

4.19와 5.16을 견디고 살아온 힘없는 사람들의 이야기를, 그 세대를 겪지
않은 이들에게 전하여주어, 아직도 아물지 않은 생채기를 보여주고 싶었
다. 강대국 놈들의 세력 확장과 야욕으로 순박한 땅에 선을 그어놓고, 이
데올로기란 색깔을 세뇌시켜서 편을 갈랐다.

거기에 부화뇌동한 동족끼리 그들의 대리전쟁으로 인구의 일할이 넘는
300만 명의 목숨을 앗아가고 강산은 처참하게 부서졌다. 전쟁의 총성이
멎은 지 67년이 된 지금도 남북으로 나뉘고, 그것도 모자라 보수네, 진보
네, 중도네, 하며 빨강, 하양, 노랑, 파랑, 같은 색깔로 나눠서,

남. 남, 갈등으로 치고 박고 대가리가 터지는 싸움으로 허송세월 개지랄
을 하고 자빠져있는 색깔의 의미를 반추해본다.

우주탐사선 보이저 1호가 221억 킬로미터 명왕성부근에서 촬영한 지구는「창백하고 푸른 점 Pale blue dot」의 티끌이라는데, 이 작은 티끌 속에서 남들이 가져다준 색깔 싸움이 무슨 의미란 말인가?

　태초에 색이 있었다.

　색은 빛에 의해서 나타나는 결과로 여러 가지 색깔이며, 같은 부류가 가지는 동질적인 특성과, 색정이나 여색, 그리고 물질적인 형체가 있는 모든 존재라고 국어사전에 쓰여 있다. 즉 빛이 없으면 색은 보이지 않는다.

　우주는 색깔로 형성 되어 있다. 색깔이란 색의 갈레와 착색된 색을 의미한다. 지구의 모든 사물은 색을 입으며 색은 그를 포용한다. 즉, 인간의 시력으로 식별되는 색과, 아직 과학적 천문학적 인간의 능력으로 분별하지 못해 낸 허공, 공기 소리 같은 것과, 자외선, 적외선, X선 감마선 같은 미지의 수많은 색깔로 구성되고 형성되어 있다.

　어둠과 햇살과 소리는 과연 무슨 색깔일까? 또 어디서 와서 어디로 가며 왜 없어지는가? 어찌하여 인간과 다른 동물들이 보는 색깔이 동일하지 않은가?

그렇다면 인간이 인식한 색깔이 꼭 그 색이다. 하고 정확하게 규정지을 수 없는 게 아닌가?

색色은 인류역사의 발전과 훌륭한 예술을 창조하여 위대한 공헌을 하였으며, 인간의 정조情調 와 생운生韻과 이별과 만남에도 색깔이 있다.
때문에 색깔이 푸른 지구에서는 인간의 시詩가 소리音를 입을 때 음은 색을 쓴다.

고로, 인간의 말은 곧 音이다. 시란 말(소리)을 리듬이라는 음악성을 절대로 필요로 한다. 음이 색을 쓰기 때문에 시 또한 불가불 색을 입어야한다. 어째서 우리 선조들은 여인을 色으로 표현하였을까?

이글의 주인공 상훈과 하영은 웃어른의 색으로 인하여 몹쓸 운명에 놓인 인간상이다. 그러나 색은 여인처럼 모든 걸 안아주고, 품어주고, 받아주어

새 생명을 탄생시키는 우주의 섭리와 같은 모체母體이기 때문에, 여인을 색으로 표현 했을 것이다.

우주의 색깔이 검정이 아니듯이, 죽음의 색깔도 검정이 아니다. 죽음은 하양이다. 모든 인간사와 온 세상의 모든 색깔을 전부 받아들인 게 하양이다.

사랑과 원망과 그리움과 원수진 마음까지도 표백되어 순화시킨 것이 하양 흰 색깔이다. 빛과 소리와 색은 어디서 와서 어디로 사라지는가? 그걸 모른 채 이글을 쓴다.

2020년 정초에

大崛偶 草舍에서

草浦 趙紀浩 적음

조기호 장편소설

서정시 같은 시인의 소설

색 色 I

초판인쇄　2020년 3월 30일
초판발행　2020년 5월 20일

지 은 이　조기호
발 행 인　김한창
펴 낸 곳　도서출판 바밀리온
주　　소　전주시 덕진구 가리내 6길 10-5 클래식 302호
전　　화　(063)253-2405
팩　　스　(063)255-2405
출판등록　제2017-000023
이 메 일　kumdam2001@hanmail.net

인　　쇄　새한문화사
주　　소　(10881)경기도 파주시 광인사길 211-2
전　　화　031-955-7121 FAX.031-955-7124

디자인편집 김한창
표 지 작 품 김재권

출판등록 제2017-000023
정　　가　1, 2 전권 30,000원
ISBN 979-11-90750-00-4